LES ENCOMBRANTS

DU MÊME AUTEUR

ROMANS, NOUVELLES

LE CIEL EST IMMENSE, Le Relié, 2002 ; Pocket n° 16340.

LA THÉORIE DU CHIEN PERCHÉ, Thierry Magnier, 2003 ; Babel n° 1148.

UN SIMPLE VIOL, Grasset, 2004 ; Babel n° 1494.

LES ENCOMBRANTS (prix de la nouvelle francophone Nanterre), Thierry Magnier, 2007.

LA TÊTE EN FRICHE (prix Inter-CE, prix CEZAM, prix des Lycéens allemands), Le Rouergue, 2008 ; J'ai lu n° 10055.

IL NE FAIT JAMAIS NOIR EN VILLE, Thierry Magnier, 2010 ; Babel n° 1363.

VIVEMENT L'AVENIR (prix Marguerite-Audoux, prix des Hebdos en Région, prix Handi-Livres), Le Rouergue, 2010 ; Babel n° 1388.

BON RÉTABLISSEMENT (prix des lecteurs de *L'Express*), Le Rouergue, 2012 ; Babel n° 1306.

TRENTE-SIX CHANDELLES, Le Rouergue, 2014 ; Babel n° 1436.

DANS LES PRAIRIES ÉTOILÉES, Le Rouergue, 2016.

JEUNESSE

ATTENTION FRAGILES (prix du roman jeunesse France Télévisions), Seuil, 2000.

UNE POIGNÉE D'ARGILE, Thierry Magnier, 2003.

LE QUATRIÈME SOUPIRAIL (prix Sorcières – catégorie romans ados), Thierry Magnier, 2004.

LE ROYAUME DES REINES, Thierry Magnier, 2004.

ET TU TE SOUMETTRAS À LA LOI DE TON PÈRE, Thierry Magnier, 2008.

À QUOI TU JOUES ? (prix Sorcières – catégorie documentaires), Sarbacane/Amnesty International, 2009.

LES TARTINES AU KÉTCHEUPE, Le Rouergue, 2010.

LE TERRIBLE EFFACEUR, Thierry Magnier, 2015.

LE VILAIN MONSTRE BLEU (illustrations de Laurent Simon), Casterman, 2016.

ISBN 978-2-7427-9682-3

MARIE-SABINE ROGER

LES ENCOMBRANTS

nouvelles

BABEL

ÉLIETTE ET LÉONARD

Elle n'a jamais compris comment faire un bouquet. Elle fait des vracs de fleurs. Des fagots dans des vases. Elle a beau reculer ensuite, revenir, corriger, c'est moche, c'est bancal.

Voilà encore une incapacité. Elle en a d'autres. C'est pour ça que je l'aime.

Je ne me moque pas : je la connais, c'est tout. Depuis le temps, je la connais.

Elle s'énerve sur ces feuillages, ça lui pique les doigts. Elle piaille.

— Allons bon, il est bien petit, ce pot ! Pourquoi est-ce que j'ai pris un pot comme ça, moi ? Si je les mettais dans celui-là, plutôt ? Et voilà, ce coup-ci, c'est trop grand !

Elle s'applique à créer un décor, quelque chose de bien. Oh oui, elle s'applique ! Elle est fébrile depuis deux jours. Depuis qu'ils ont téléphoné.

Comme elle met toujours le haut-parleur, parce qu'elle est un peu sourde, j'en ai bien profité.

"On rentre de vacances, on passera mardi. C'est sur notre chemin... Oui, c'est ce que je te dis : on vient... Avec les petits, oui... Les deux, oui. A cinq heures... Mais non, voyons : du soir."

Ils n'étaient pas venus depuis... Combien déjà ?

Les salopards.

Un simple coup de fil : la voilà qui s'active, remet son cœur en mouvement. Il y a tellement à faire. Passer l'aspirateur, le chiffon. Enlever les moutons planqués sous la bergère. Secouer les plumes à son lit. Arranger les tutti quanti.

Elle me met la tête en manège à tourner, virer, comme ça. Monter, descendre, remonter. Et clap-clap dans l'escalier, les semelles de ses pantoufles. Parfois elle s'arrête, essoufflée, les mains au creux des reins, en ceinture de force. Elle cherche l'air. Elle rit.

— Tu pourrais m'aider, Léonard, au lieu de me regarder faire, avec ton air de dire !

Mais oui, bien sûr... L'aider...

Surtout pour cette engeance-là !

Ils restent des mois – *des années* – sans venir. On est tranquilles dans l'oubli, on se blottit. On est au calme. Son grand fauteuil au coin du feu, le bordel sur les étagères, la soupe qui chuchote et révise à feu doux ses vapeurs de légumes et de couenne. Elle qui va, qui vient, et qui papote. Trop, d'ailleurs, elle me soûle. Mais j'aime bien sa voix fêlée, ses gestes vifs et doux à la fois, cette odeur d'elle. Elle sent l'épluchure de fruits, le pain rassis et l'herbe sèche.

J'ai faim, à peine je la vois.

Et puis voilà qu'ils s'annoncent, les autres ! Et ça y est : elle est tout émue. Elle s'énerve, elle fait du bruit. Tire les chaises, et frotte, et range. Fait briller. Elle est prête au débarquement, à l'oubli immédiat des jours de solitude, au cake dans le four, aux bras ouverts. Elle ne me déçoit pas, non : elle m'exaspère. Elle bavarde, elle jacasse, elle me couvre de bruits, elle me parle autour. Mais calme-toi, ma grosse poule ! Comme s'ils en valaient la peine, ces gens-là…

— Tu es content, Léonard ? Tu te rends compte, hein : qui c'est qui va venir nous voir ?

Des cons.

Une bande de cons égoïstes, bruyants, qui vont s'asseoir sur ton fauteuil, lécher le fond des plats et tant pis pour les restes. Tout recenser, de leur regard crochu.

Poser de-ci, de-là, leurs questions innocentes, *Tu y es bien, dans ce fauteuil, là ? Ton vieux fauteuil voltaire, tu y es bien ? Ils en font des drôlement mieux, maintenant, tu sais… Plus confortables… Si tu veux t'en débarrasser, on le met dans le break, et on va t'en chercher un autre, à Confo. Non ? Tu tiens à garder celui-là ? Tu y es habituée ?… Bah, ça, depuis le temps, faut dire. Enfin bon, c'est toi qui vois, hein ? On va pas t'obliger, non plus…*

Je ne dis presque rien, quand ils sont là. Mais je comprends leurs mots, et ce qu'ils veulent dire.

Je les entends, je les entends. Et elle ne répond rien, ma pauvre vieille barge. Elle garde son doux sourire et son œil innocent, tout plein d'affection et de sollicitude. Elle fait la sourde oreille. Il en faut, pour ne pas la sentir, l'avarice du cœur, chez l'autre, et même quand on aime. Il en faut.

Est-ce qu'elle ne voit rien ? Vraiment rien ?

Ou bien est-ce que l'amour est à ce prix ? Mais pourquoi donc est-ce qu'elle les aime ainsi ?...

— C'est ma famille, Léonard. C'est ma famille, tu comprends ? Ce sont mes seuls petits-enfants. Alors je peux bien les gâter, quand ils viennent...

Les gâter ? Mais ils le sont déjà, gâtés. Pourris, jusqu'au trognon.

— Hein, Léonard ? Et puis ça te fait plaisir, à toi aussi, d'avoir de la visite, pas vrai ?

Bien sûr que non, mon vieux débris. Ton déplumé de petit-fils, sa dinde et leur couvée me hérissent les plumes. Ce serait moi, j'irais noyer tout ça. Surtout le gosse. Il est trop familier, il fait comme chez lui. Il m'ébouriffe.

Eliette continue, elle exulte. Elle n'en fait pas autant pour moi, ça non.

— Si je m'attendais à les voir ! Et leur garçon, on ne va pas le reconnaître ! Et la petite ?! Mon Dieu, mon Dieu, et la petite ! Elle qui était dans un couffin, la dernière fois... Tu te souviens ?

Très bien. Elle sentait le pipi. Elle braillait beaucoup. J'avais horreur de ça.

— Elle doit trotter partout, à cette heure !

C'est justement ce qui m'inquiète.

— Je suis sûre que tu es content ! Non ?

— J'ai mal à la tête.

— Tu dis ça, mais dans le fond, tu es content. Je te connais.

Eh bien, si ça l'arrange...

Elle m'agace, Eliette, aujourd'hui. Je ne peux plus supporter ce chambard, ça me stresse.

Voilà qu'elle ouvre en grand les portes, les volets. Fait des courants d'air qui me glacent. Maligne, comment tu t'y prendras, tout à l'heure, pour refermer tes contrevents ? Avec ce vent, qui arrache les battants de tes mains, qui les fait claquer, les fracasse. Tu sais bien que tu n'y arrives plus toute seule ! Compte pas sur moi, en tout cas.

Tu seras bonne pour aller chercher la voisine, cette sale perruche. Elle me regardera, la mine dégoûtée, de son air de penser que je suis un fardeau. Mais je m'en bats l'aile, moi, de ce qu'elle pense. Je m'en bats l'aile. Vieille peau !...

Ou bien elle enverra son coq de basse-cour, ce vieux chapon sournois, toujours à pavaner sa crête, à donner des conseils aux gens : "Moi, Eliette, si j'étais vous..."

Ceux qui commencent en disant ça ne sont jamais – *jamais* – à la place des autres. "Moi, si j'étais vous..."

Si tu étais elle, tu la ramènerais moins, pauvre buse. Tu serais vieux, perclus, et tu vivrais tout seul. Sans courrier, sans visite, sans coup de téléphone. Sans rien de mieux à faire que les heures à passer. Tu la vivrais tout seul, ta vie de sablier. Tu la vivrais tout seul. Avec moi.

Il fait presque aussi froid que dehors, à présent ! Elle est folle. Qu'est-ce qui lui prend d'ouvrir en grand la chambre bleue ? On ne s'en sert jamais.

— La porte !

— Ah, ne crie pas, Léonard, s'il te plaît ! Tu pourrais être un peu patient, quand même ! Tu ne t'arranges pas, tu sais, en vieillissant…

Je ne m'arrange pas ? Parce qu'elle s'améliore, peut-être ? Tiens, qu'est-ce que je disais ! La voilà qui laisse tout en plan, portes et fenêtres ouvertes, et qui monte à l'étage avec une bassine.

— La porte ! La porte ! La porte !

— Mais ouiii ! Oh mais, attends ! Tu vois bien que j'ai les mains prises !

Et le cerveau, également.

On se connaît depuis plus de vingt ans. Toute une vie, en somme. Je peux bien l'avouer : vieillir à deux, c'est difficile. Je n'aime pas la voir s'user. Moi aussi, j'en prends pour mon compte, je sais. Mais c'est très différent pour moi. Très différent. Moi, je deviens plus sage. Je crie moins. Je ne vois plus les choses comme avant. Alors qu'elle… pauvre chose.

Elle traîne des pattes, elle ralentit. Elle rouille.

Quand on s'est rencontrés, elle trottait toute la journée, à ne jamais rester en place. Elle chantait à tue-tête, un vrai bonheur. Elle m'en a appris, des bleuettes. *"On n'a pas tous les jours vingt ans…"* Elle les a quatre fois, ses vingt ans, la poulette. Quatre fois et des miettes.

On s'est connus trop tard, voilà. Oh, elle est bonne ménagère, et gentille, avec ça ! Je ne peux rien lui reprocher. Mais elle commence à partir en quenouille. Elle me sert trois fois la même chose pour dîner. Elle oublie de manger. Elle sort acheter son pain après la fermeture, ou avant l'ouverture, aussi bien. Et elle cause. Elle l'a toujours fait, c'est notre point commun. Mais avant, elle s'adressait à moi. Aujourd'hui, elle parpelège. Elle répond aux acteurs dans les films. Elle répète les mots après eux, en dodelinant de la tête. J'ai la migraine en stéréo.

J'ai beau lui faire *"Hum !"* elle s'en fout. A peine si elle baisse la voix.

Quand elle ne se fâche pas, elle aussi, c'est un comble !

— Oh, tu m'énerves, Léonard ! Laisse-moi vivre, à la fin !

Parfois je crie. J'ai des colères. D'autres fois, je l'ignore. Je regarde le ciel, par la fenêtre. Les envols de canards qui se taillent en V vers les chaleurs d'Afrique. Ma vie est d'un calme affligeant : jacasseries des pies dans le grand acacia, engueulades des chats. Trottinements à petits pas de ma poule à moi, mon Eliette. Ou bien encore, je m'occupe. Je fais un peu de rangement. Je déteste les saletés, les pelures qui traînent. Elle n'aime pas trop ça, quand je range. Désolé : à mon âge, on va pas se refaire.

Elle piaille :

— Mais regarde-moi ce travail ! Il y en a partout, maintenant ! C'est toi qui vas tout balayer, peut-être ? Oh, franchement, tu exagères !

— Hum ! C'est comme ça ! C'est tout !...

— "C'est comme ça – c'est tout ! C'est comme ça – c'est tout !..." Justement non, ce n'est pas tout ! Mais ? ! Arrête ! Léonard, arrête ça ou je me fâche ! Je te préviens que je me fâche !

Fâche-toi. Fâche-toi. Pour ce que ça changera…

— C'est comme ça ! Hum ! C'est tout ! C'est comme ça !

Et c'est tout.

La voilà qui descend l'escalier, maintenant. Qui redescend avec sa bassine de linge emplie au-delà du ras bord. Un bout de drap qui pend, à se prendre les pieds dedans.

Elle va tomber. Elle tombera, dans un cirque de cris aigus, de cognements aux murs. De choses qui dévalent. Elle tombera et restera sur le carreau. Et moi je serai seul. Vieux et seul. Seul dans cette maison, à crier pour personne. A ranger sans désordre. A mourir.

Bon, elle ne tombe pas aujourd'hui, peut-être, c'est d'accord. Mais demain ? Qu'est-ce qui dit qu'elle ne tombera pas, demain ?

En passant devant moi, elle me jette :

— Je sais ! Tu es en plein courant d'air ! Je vais te les refermer, va, tes fenêtres !

— Hum hum ! La poooorte !

— Et la porte aussi, j'ai compris… ! Il faut bien que j'aère quand même… Tu es infernal, tu sais ! A t'entendre, on passerait sa vie enfermé ! Bon, tu veux ton goûter, je parie ? C'est vrai qu'il est déjà quatre heures… Oh mon Dieu, que ça passe vite.

Elle trouve ? Moi je trouve ça long, de la voir s'agiter, et me laisser dans les fenêtres et les portes ouvertes, en oubliant mon heure de goûter.

Vous croyez que ça la chiffonne ? Pensez-vous. Elle me sourit :

— Qu'est-ce que je vais bien pouvoir te donner ? Une pomme, ça te dirait ? Ou bien un peu de cake ? Tu préfères du cake ?

— Une pomme.

— Tu es sûr ?

— Une poooomme !

— Eh bien, d'accord... mais ne crie pas. Je ne crie pas. Pas du tout. Je m'exprime, c'est tout. Crier, c'est autre chose.

Je sais très bien le faire aussi.

Ces pommes ont une odeur, c'est extraordinaire ! Elle me les choisit avec soin, comme j'aime. Ce sont des pommes du jardin. Petites, un peu acides, mais juste ce qu'il faut, la chair ferme, juteuse.

Seulement aujourd'hui, elle ne goûte pas près de moi. Elle ne s'installe pas dans son fauteuil à portée de regard, sa grande tasse bleue posée sur les genoux. Non, voilà que de nouveau elle s'éloigne, elle m'abandonne et retourne dans sa cuisine, où elle parle bien fort pour me laisser croire qu'elle s'adresse à moi. Mais c'est à elle qu'elle parle.

— Je vais leur faire un pot-au-feu, pour ce soir. Ce serait bien, un pot-au-feu, tu ne crois pas ? Avec ce froid... Pauvres petits, ils auront faim, après toute cette route... Enfin, je te dis ça, je ne sais même pas d'où ils viennent. Ils ont seulement dit que nous étions "sur leur chemin". En partant d'où, ça, c'est une autre affaire ! Ces jeunes, ils ne s'embarrassent jamais de détails... Bon, et voilà : je n'ai pas ce qu'il faut ! S'ils m'avaient prévenue, j'aurais fait des réserves...

Surtout pas. Ils te pilleraient, ma poulette. Des rapaces, je te le dis. Moins tu leur donnes, et mieux ça vaut. Et puis moi – *moi !* – est-ce que tu y penses ? Qu'est-ce qu'il me restera, si tu leur offres tout ? Je compte pour du beurre, moi ? C'est à peine si elle n'oublie pas de me donner ma pomme, sous prétexte que sa famille vient la voir.

Ah, sa famille, parlons-en !...

Quand les petits s'en vont, quand ils partent du nid, ils ne devraient plus revenir. Ce n'est pas normal qu'ils reviennent. Ils sont partis et c'est fini. Chacun sa vie.

Chez moi, on fait comme ça.

Elle sort de la cuisine avec l'air décidé. Je n'aime pas cet air-là, pas du tout. Elle dit :

— Allez, je vais à l'épicerie pour chercher ce qui manque.

Quoi ? A cette heure ? Avec ce froid ?

— Hum ! Hum ! Non-non-non.

Elle hausse les épaules.

— Je sais ce que tu penses, va : il est tard, et ça va geler. Ne me fais pas ton œil inquiet, comme ça, tout le temps ! C'est pénible, tu sais ? Je ferai vite, c'est promis. Regarde la télé, en attendant : il y a les jeux. Tu veux que je mette les jeux ?

Pfff.

Elle ôte ses pantoufles. Elle met ses souliers noirs, son manteau. Elle a toujours de jolis gestes.

Des gestes précis, détaillés. Ça me charme, ça m'hypnotise. Je pourrais m'endormir, rien qu'à la regarder. Elle boutonne le col jusqu'en haut. Comment fait-elle pour rentrer ces gros boutons de bois dans ces petites fentes en laine ? C'est un mystère.

Elle arrange son vieux bonnet de laine épaisse, gris pâle comme ses cheveux. Regardez ça, cette coquette ! Elle veut séduire l'épicier ? Elle noue l'écharpe tricotée. Elle prend son cabas, met son porte-monnaie dans sa poche. Elle sort. Avec ce froid, elle sort.

Elle est folle.

— La porte !

Et je n'ai pas crié. J'ai juste parlé fort.

La porte se referme : Eliette disparaît. Elle s'éloigne sur le gravier. Et puis plus rien. Quand Eliette s'en va, la maison sonne creux. Je déteste quand elle me quitte.

Je penche un peu la tête, à gauche, à droite. Je détaille ce coin de ciel, gris ou bleu, c'est selon. Le rideau couleur mie de pain, le buffet sombre, les murs clairs. L'ensemble de mon univers. Je sifflote, mais sans entrain. Je me racle la gorge, je range le bazar. Je remplis les minutes.

Elle pourrait ne pas revenir. Et si elle ne revenait pas ?

Vous pouvez vous moquer de moi. Ce genre de choses existe. Tenez, par exemple : le chien.

Le chien est mort, l'hiver dernier. Couché, là, autant dire à mes pieds, sur son vieux tapis plein de poils, à côté de la cheminée. Alors Eliette, pourquoi pas ? Elle blanchit peu à peu, elle se fane, ternit. Elle n'est plus qu'un lacis de rides, une somme d'absences et de tremblotements, de signes souterrains, infimes. Pour le chien, je m'en souviens bien, tout a commencé comme ça.

Eliette est partie au village, sur ses petites pattes maigres. Elle va revenir essoufflée, les joues rouges. Elle aura marché trop vite, de son pas sautillant, le bras tendu sous le poids du cabas. Toute penchée pour compenser la charge, comme un arbre affligé par la force du vent.

Moi je l'attends, en attendant.

Je piétine sur place, je me balance. Je tente d'égayer le temps, pour me faire croire qu'il passe.

Je l'attends. Je donne de la voix. Je m'entraîne. C'est important. Il faut parler, parler, pour ne pas perdre l'habitude. Alors je dis :

— Hum hum ! Bonjour !

Ou bien :

— Oh oh ! Tu es belle !

Elle aime beaucoup ces mots-là. Et je ne les dis que pour elle. Elle prétend que je suis fidèle.

Je ne sais pas.

La porte s'ouvre. La voilà. Elle pose son panier sur le seuil, frotte ses mains l'une sur l'autre.

— Il fait un froid ! Mon Dieu, tu avais raison ! J'en suis tout étourdie !

Début janvier, tu penses... Elle va m'attraper mal, à sortir comme ça, pour un oui, pour un non.

— Bonjour !

— Eh bien, mon Léonard ? Tu me dis bonjour plusieurs fois par jour, maintenant ? Tu te souviens qu'on s'est vus tout à l'heure, quand même ?

Elle éclate de rire. J'adore quand elle rit. Elle s'approche de moi, me caresse le front. On se fait un petit bécot. J'aime beaucoup quand elle est tendre.

Elle soupire, d'un air content.

— Je n'y pensais plus, mais c'est les Rois, figure-toi ! Tu vois, j'ai eu raison de descendre au village : j'en ai profité pour prendre une galette, à la boulangerie ! Je suis sûre que ça fera plaisir aux petits. Tiens, regarde !

Je siffle. Elle se rengorge.

— Oui, hein ? J'ai pris la plus belle, tu sais.

La plus chère aussi, sûrement...

Je ne m'occupe pas d'argent. Ça, c'est une histoire de femme. Une chose incompréhensible, et qui ne m'intéresse pas. Mais je sais qu'il en faut, pour acheter les choses. Les fruits, le pain, le lait, les graines pour oiseaux. Je sais bien que c'est important, à la façon qu'elle a de recompter ses pièces, de les trier du bout du doigt dans le creux de sa main.

Les généreux comme elle, quand ils n'ont pas assez, ça les rend malheureux. Parce qu'ils voudraient toujours vous offrir davantage. Eliette est tellement fière de sa belle galette. Et de la viande à pot-au-feu, qu'elle me montre, dans son papier ciré à petits carreaux bleus :

— Rien que des bons morceaux ! Ah, il m'a bien servie, le boucher, tu as vu ça ?

Elle doit être bien entamée, la pension de retraite. Il ne va plus rester que des rondelles en cuivre. Celles que je préfère, parce qu'elles brillent doucement dans le fond du porte-monnaie.

Qu'est-ce qui lui restera à mettre dans l'assiette, si elle n'a plus d'argent ? Qu'est-ce qu'elle mangera, après eux ? Rien. Pas grand-chose, en tout cas. Elle picorera deux trois miettes en prenant son air gavé : "Hou, je ne sais pas ce que j'ai, ces temps-ci, je n'ai pas d'appétit !..."

Mais vous croyez que ça dérange les coucous qui vont arriver ? Surtout pas.

Jamais ils ne demanderaient : "On peut t'apporter quelque chose, Mémé Eliette ?"

D'ailleurs, s'ils demandaient, elle répondrait non. Elle prendrait un air offusqué : "M'apporter quelque chose ? Mais vous n'y pensez pas ! Voyons, c'est moi qui vous invite !"

Ils ne devraient rien demander. Ils devraient arriver les bras chargés de fleurs, de gâteaux et de fruits, de pain sorti du four avec sa croûte épaisse.

J'aime beaucoup la croûte épaisse. Et les fruits.

Ils devraient la couvrir de cadeaux.

Si tu savais ce que je pense, tu ne serais pas d'accord avec moi, n'est-ce pas, ma vieille poule ?

Mais je ne te dis rien, tu vois. Je ne fais pas de commentaires. Je t'écoute, ça suffit bien.

— Ils seront là vers cinq heures, ils ont dit ! Ça tombe bien, tu vois : juste pour le goûter ! Je leur ferai une grosse flambée, je vais aller chercher du bois à la réserve. Bon, en attendant, ce n'est pas tout : il faut que je m'y mette. Le pot-au-feu, ça prend du temps.

Elle file dans la cuisine. Je crie :

— La porte !

— Pfff ! Mais oui, je la laisse ouverte ! Mais oui !...

Cette porte-là, je ne veux pas qu'elle soit fermée. C'est comme ça. C'est tout.

Je ne peux pas la suivre. Je n'ai plus que les bruits, les odeurs.

Tout à l'heure, elle me donnera une bouchée de pain, trempée dans le bouillon. Elle me l'apportera dans la grande cuillère, une main arrondie en coupelle au-dessous, pour ne pas risquer de tacher les carreaux, si ça goutte. Elle dira : "Hein, que c'est bon ?! Oh que tu aimes ça, mon gros gourmand !"

Puis elle repartira d'où elle vient. Je l'entendrai chantonner de sa voix aigrelette, qui coasse et se casse parfois dans les aigus. Elle chantera parce que *les autres* arrivent. Parce qu'ils lui font l'honneur d'un soir tous les trois ans. Elle ne chante plus pour moi. Pourtant, je pourrais être ailleurs, moi aussi. Je pourrais vivre une autre vie. Je pourrais être libre. Libre comme un oiseau.

Tu parles…

Elle a mis une jolie nappe. La galette est posée au milieu de la table, dans un grand plat blanc décoré. Eliette s'active. Elle soupire, ouvre et referme des tiroirs, va dans la chambre bleue, revient, monte, descend. Elle souffle de plus en plus fort, elle marche de moins en moins vite. Elle me sourit, et ses yeux brillent.

— Hum hum ! Tu es belle !

Elle secoue la tête, elle rit, arrange ses cheveux en les tapotant de la main.

— Belle ? Comme une vieille sorcière, oui ! Comme ils vont me trouver vieillie !…

Mais non, ma pauvre oiselle, ils ne vont pas les voir, tes rides. Il faudrait qu'ils te regardent, qu'ils s'inquiètent de toi, pour ça. Et ce n'est pas le cas, rassure-toi.

— Je leur ai fait une jolie table, tu as vu ? Et puis j'ai préparé la chambre bleue pour les petits. Les grands dormiront à l'étage…

Lorsqu'elle dit "les grands", c'est de ses petits-enfants qu'elle parle. Pour ses enfants elle dit simplement "les enfants". Elle le dit aux albums de photos. Il suffit d'écouter les mots, et de les retenir. Moi, je les retiens tous, dans ma petite tête. Ma cervelle d'oiseau, comme elle dit…

Les voilà. Ils arrivent. J'entends tous ces bruits de venue, dans l'allée. Ils toquent. Ils entrent dans un grand tourbillon de vent, qui happe la chaleur dans un filet de glace. Ils crient :

— Bonjour !…

Ah, mon Eliette, que tu es rose ! Que tu es animée, soudain !

Ils prennent tout l'espace dans le nid, les coucous. Ils ont de grosses voix, des gestes brusques. Laurent, le petit-fils, s'est encore empâté, il n'a plus qu'un vague duvet sur le sommet du crâne. Sa femme est brune, pâle, et son visage est maigre. La gamine me voit et se met à pleurer. Le garçon s'approche déjà, et me regarde avec son air d'être le roi du monde.

Je hurle :

— La porte ! La pooorte !

— Toujours aimable, hein, Léonard ! dit le père.

Il rit. Lui, je ne l'aime pas, son rire.

Mon Eliette virevolte autour d'eux comme un papillon de nuit, maladroit, duveteux et gris. Elle volette au ralenti, sur ses jambes qui flanchent un peu, sur son souffle qui s'éparpille.

— Alors, Mémé Eliette, ça va bien, la santé ?

Si ça vous intéresse, il faudrait venir plus souvent. Les soirs où elle est un peu triste. Les matins de brouillard quand la route est gelée, qu'elle ne peut pas descendre à la boulangerie. Les jours de rhumatismes ou de mélancolie.

— On pense à toi souvent, tu sais !...

Bien sûr.

Ils parlent de tout, de rien, de pas grand-chose. Ils disent que c'est bien de vivre à la campagne. Parce que la ville, hein... Oui, c'est une maison comme ça qu'il leur faudrait.

Exactement comme ça.

Tiens donc.

Par contre, ça devient un peu trop grand pour elle, non ? Et pas pratique... Rien que cet escalier, bon sang, qu'est-ce qu'il est raide ! Elle ne monte jamais à l'étage ? Alors c'est bien de la place perdue... Et le village ? C'est un peu loin, quand même, pour faire ses courses tous les jours... Elle ne serait pas mieux, en maison de retraite ?

C'est ça, mettez-la donc en cage. Ou mieux encore, enterrez-la.

Eliette les couve de l'œil, faut voir ça. Elle va et vient, les fait asseoir, fait chauffer l'eau pour le café, le thé, pour tout ce qu'on voudra. Elle revient de la réserve avec deux bûches. Ils se relèvent mollement pour l'aider. Elle se récrie, non non, elle se débrouillera toute seule, allons donc ! Ils se rassoient, se calent sur leurs chaises. On voit bien qu'ils s'ennuient.

Eliette dit, de la cuisine :

— J'ai pensé qu'une galette des Rois, ça ferait plaisir aux petits. Ils aiment ça au moins ?

Silence.

Elle ajoute :

— On va la découper, et puis on laissera Mathieu choisir les parts...

— Oui, euh... Ils ont déjà goûté en route... Ils n'ont sûrement pas très faim.

— Ah ?... On la gardera pour le dessert de ce soir, alors ! Je vous ai fait un pot-au-feu. Vous allez vous régaler ! Les petits dormiront dans la chambre bleue, j'ai préparé le lit. Laure et toi, je vous ai installés en haut, vous serez bien...

Elle ne voit pas leurs têtes qui s'allongent. Moi si. Elle entend seulement leur réponse, qui tarde un peu à venir, et qui sent le malaise et la mauvaise humeur :

— C'est que, on ne va pas rester, tu sais... On s'était juste arrêtés deux minutes, pour te faire la bise et pour te montrer les petits.

— Moi j'en veux, de la galette !

— Mathieu, tais-toi. De toute façon, on n'a pas le temps.

— Mais vous n'allez pas repartir tout de suite ? Il fait nuit, tout sera verglacé dans une heure.

— Eh bien oui, justement ! C'est pour ça, on ne peut pas s'attarder. Et puis Laure doit se lever très tôt demain, pour son travail.

Le petit Mathieu s'égosille :

— Moi j'en veux, du gâteau !

— Vous n'allez pas le priver, quand même ? insiste mon Eliette, bravement.

— Bon, allez… On va s'en couper une petite part, puisque c'est ça… grimace la couveuse, entre ses dents serrées.

Pas de doute, ça l'exaspère.

— Et puis après, on s'en ira, ajoute l'homme.

C'est un gros effort, qu'ils font là. Tu les remercieras, mon Eliette ?

Elle découpe le gâteau, sa main tremble. Elle fait choisir les parts au garçon.

— Celle-ci est pour qui ?… Et celle-ci ?

Ils ont coupé en huit. Il nous en restera.

La mère donne la becquée à sa fille, par petites bouchées. Il ne faudrait pas qu'elle s'étouffe, si c'est elle qui avait la fève.

J'aime bien cette odeur, amande et beurre. Ça me rappelle mon Eliette, en plus sucrée.

Le petit-fils se racle enfin la gorge, pour mieux cracher les mots sournoisement collés :

— Au fait, Mémé, je me disais, comme ça… tu les as toujours, tes daguerréotypes ? Mais si, tu sais : les vieilles photos de famille, sur des plaques en métal ? Celles que tu gardais, au grenier ? Oh pour rien, c'était pour les montrer aux gosses… Hein ? Tu nous les donnes ? Oh non, voyons, on va pas t'en priver… Ah, ben alors, si ça te débarrasse… Alors là, bon, c'est différent…

Ils s'en vont. Ils sont restés à peine plus d'une heure. Ils emportent avec eux deux grands cartons remplis de choses. Les daguerréotypes, un châle ancien, brodé.

Une boîte à musique. De vieux jouets en bois. Les sales pies, qui volent au creux du nid la jeunesse de mon Eliette.

— On reviendra bientôt te voir, promis…

Mais oui.

— Les enfants, venez faire un bisou à Mémé Eliette !

— Mathieu, tu viens faire un bisou tout de suite, on te dit !

Je n'y tiens plus, je crie, je m'énerve. J'envoie tout promener, de rage. Je hurle :

— La porte ! La po-o-orte ! J'ai mal à la – mal à la – à la tête !

Laurent me jette un coup d'œil agacé. Il demande à Eliette :

— Il va vivre encore longtemps, celui-là ?

Eliette me sourit, et dit :

— J'espère bien…

— Franchement, comment tu peux le supporter ? Il gueule sans arrêt, il met des saletés partout, à gratter comme ça, dans sa cage !

— Bah… Il range… C'est sa manie !

— Comment il s'appelle, l'oiseau ? demande le petit garçon.

— Il s'appelle Léonard, mon poulet. C'est un mainate.

— Il parle ?

— Oui, coupe la mère. Enfin, il "parle"… il répète, c'est tout ! Il ne comprend pas ce qu'il dit.

Pauvre idiote.

— Allez, on s'en va maintenant !

Elle a failli ajouter *on a assez perdu de temps.*

La petite trottine jusqu'à mon Eliette. Elle lui tend la couronne en carton doré découpé. Elle dit :

— Kiens !

— Tu me la donnes ? Oh mais que tu es gentille… s'extasie ma colombe grise.

La petite est emmitouflée dans son blouson jaune orangé, comme un poussin dodu.

Elle cherche à mettre la couronne sur les cheveux d'Eliette. Elle rit.

— Bon, cette fois, on part ! Allez, Mémé, à la prochaine, hein ?

Eliette a gardé la couronne. Elle retient le rideau d'un doigt, pour tenter d'y voir quelque chose.

Tu sais bien qu'il fait nuit… Ils sont loin, maintenant.

Ils étaient déjà loin, en arrivant.

A petits pas, Eliette va ranger les assiettes à dessert, puis recueille les miettes dans sa paume ridée, avant de secouer la nappe. Elle tisonne un peu les bûches. Puis elle coupe un morceau de galette et me le donne, à travers les barreaux. Elle dit, d'un air songeur :

— Mon Dieu, que le temps passe vite, quand ils sont là… hein, Léonard ?

Je picore son doigt, tendrement. Je lui réponds :

— Tu es belle.

Elle s'assied dans son grand fauteuil, regarde le feu en silence.

Le bois proteste sous la flamme.

Demain il fera froid.

UNE GARDE DE NUIT

On pourrait croire que l'impact est sonore, c'est faux. Lorsqu'il s'agit d'une gifle, peut-être ? Et encore... Bien appliquée, la paume à plat, on n'entend qu'un son mat, qui se fêle aussitôt, s'évanouit dans l'air sans vibration, sans trace. Un claquement de fouet qui passe, et puis c'est tout. Qui laisse un peu de rouge, aux joues.

Mais un petit coup sec, juste au gras de l'épaule ou dans le creux des reins, c'est discret.

Il faut dire qu'elle sait y faire. Elle a de la pratique. Aucune fureur, là-dedans. Aucun acharnement. Elle ne se laisse prendre ni à leur inertie ni par l'agacement. Il faut se maîtriser, même si la poignée de cheveux que l'on tire – ou l'oreille – la tentent.

Ce n'est pas pour se faire plaisir qu'elle fait ça. C'est pour leur bien, uniquement.

Pour quoi d'autre, sinon ? Et d'ailleurs, ils le savent. La preuve : ils ne regimbent pas.

Sauf les nouveaux, les premiers jours. Ils ont encore des sursauts, des protestations inutiles.

Elle ne s'en formalise pas. Elle en a vu tellement d'autres, tellement. Les anciens, eux, ont compris ça depuis longtemps. Ils n'ont plus qu'un regard résigné, même plus suppliant.

Il suffit qu'elle les dévisage, ils baissent leur museau tremblant et se courbent un peu plus, serviles.

Elle les a dressés. Bien dressés, même. Et ça vaut mieux pour eux.

C'est un sacré travail, de s'occuper des vieux.

Depuis combien de temps est-ce qu'elle fait ce boulot ? Vingt ans, peut-être ? Franchement, qu'est-ce que ça peut faire ? Déjà le premier jour, c'était un jour de trop.

Ce qu'elle sait, c'est qu'elle vient l'après-midi à dix-huit heures et qu'elle s'en va huit heures après. Elle est garde de nuit. D'une moitié de nuit. Ça l'arrange.

La nuit lui appartient, personne ne dérange. Sauf eux, quand ils ne veulent pas dormir, et qu'ils sonnent, qu'ils sonnent. Quand elle doit y aller, et qu'elle traîne les pieds parce que bon, elle ne va pas courir, non plus. Ce n'est jamais urgent, chez les vieux. Ou alors c'est trop tard. C'est pour eux qu'elle est là, oui, bien sûr. Pour qui d'autre ? Mais franchement, il faut avoir le cœur à faire ça. Un loyer à payer. Qu'on ne lui dise pas qu'elle fait un beau métier, et tous ces lieux communs qui l'écœurent. Un beau métier ? Non, sûrement pas.

Les vieux, c'est dégoûtant et triste. Sans dignité.

Ça se laisse glisser, couler. Ça rétrécit de l'intérieur, ça oublie peu à peu ses bonnes habitudes. Et de les voir ainsi, chaque jour enterrés plus profond dans cette déchéance, on en perd le moral. C'est à se demander jusqu'où ils sombreraient pour certains, si la mort ne venait pas – enfin – mettre son terme. Parce que mourir, on a beau dire, c'est loin d'être le pire. Non, le plus déplaisant, c'est ce qu'elle voit avant. Cette longue et lente glissade, vers l'ultime délabrement.

Brutale ? Non, il ne faut pas voir ça comme ça. Elle est sévère, oui, voilà. Sévère.

C'est comme avec les enfants, tenez : une claque de temps en temps, ça remet les idées en place. Si elle a des enfants ? Un fils, qui ne vient pas la voir, sauf nécessaire.

Et puis bref, pour les vieux, ce qu'elle vous disait, c'est que si on se laissait tondre la laine sur le dos, on ne leur rendrait pas service. Il faut qu'ils gardent un peu la notion des limites. On ne peut pas toujours tout leur passer. Il faut alterner le bâton, la carotte. Être patiente un jour, le lendemain cassante. (Elle n'a pas dit : méchante.) Et puis en garder deux ou trois sous son aile. Ses chouchous, qui pourront témoigner, au cas où, qu'elle est toujours gentille et prévenante. Et tout.

Mme Augier de la chambre 14 et M. Pelletrie de la 18, ils sont vraiment très bien pour ça, en ce moment. Propres sur eux, soignés de leur personne. Obéissants. Très comme il faut. Enfin, comme il faudrait que soient les autres pensionnaires. Le reste du troupeau pelé, pisseux et mou. Parce que, les vieux, quelle misère…

Elle s'appelle Mme Lemasson. Monique Lemasson.

Personne ici, jamais, ne l'appelle Monique. Aucune familiarité. Vous leur laissez *ça*, juste *ça*, ils vous mangent aussitôt le bras. Il faut garder de la distance.

C'est l'ancien directeur lui-même qui l'a dit, le premier jour de sa prise de poste.

— Ne vous laissez pas envahir, madame Lemasson ! Travailler avec des personnes âgées est souvent difficile. Ne vous impliquez pas trop, surtout. Pas au-delà de ce qui est nécessaire. Sinon, vous serez démolie, chaque fois que l'un d'entre eux nous quittera… Il faut savoir garder une certaine distance, en tant que professionnel…

Elle a bien retenu. Elle ne s'implique pas, elle fait tout sans passion. Torcher le cul des vieux, et leur donner la soupe. Et se fâcher, parfois. Lorsqu'ils sont exigeants, lorsqu'ils s'oublient. Lorsqu'ils insistent lourdement.

Ce n'est pas simple à mettre en place, la discipline, le respect. On n'y arrive pas comme ça, de but en blanc. Il faut conditionner, avant. Si vous lui posiez la question, elle pourrait vous le dire. Il faut parfois deux ou trois ans, et même davantage. C'est un métier qu'on apprend sur le tas. Chacun a ses trucs, ses astuces. Ce qui compte, c'est d'être efficace. Et peu importent les moyens, si on veut arriver à un bon résultat. Ça demande beaucoup d'observation, de la psychologie. Ils sont tous différents, ici : il y a des timides, des lâches, des sournois. Des donneurs qui trahissent les autres. D'autres qui se croient plus forts qu'elle, et résistent. Parfois il faut forcer la dose, surtout quand on est seul, au milieu de la nuit.

C'est pénible, de faire ça. Vraiment, ça ne l'amuse pas. Mais comment faire ?

Souvent, heureusement, les menacer suffit. Ou bien les humilier un peu, pour qu'ils comprennent : leur porter le plateau trop tard, quand il est froid. Couper le son de la télé et poser la télécommande un petit peu trop loin, juste hors de leur portée. Attendre assez longtemps lorsqu'ils sonnent. Attendre et puis venir, enfin.

Et dire, en leur montrant les draps mouillés de pisse :

— Eh bien ? Il fait dans son lit, maintenant ? On va devoir lui remettre les couches !

Ils n'aiment pas les couches. Non, ils n'aiment pas ça !

Ils protestent, ils pleurnichent. Ils renâclent. Mais comment voudriez-vous qu'ils apprennent, si on ne leur donnait pas quelques bonnes leçons ? Il n'y a pas de miracles, non.

Pas de miracles.

Il faut des punitions.

Monique Lemasson est une dame affable. Elle a un frais sourire et des yeux amusés. Elle trottine toujours, pressée, en sifflotant très faux des refrains à la mode. Elle natte ses cheveux qui tirent sur le blanc, désormais, vu son âge. Elle est petite et ronde. Elle a des yeux très bleus, des fossettes expressives. Une bien brave femme, en vérité.

Lorsqu'elle a fini son service, elle rentre à son appartement, vite, vite. Elle y retrouve ses deux chiens, Youpi et Bamboula, ses bébés d'amour qu'elle adore.

Les bêtes sont fidèles, au moins. Elles ne déçoivent pas comme font les humains. Elles sont bonnes. Si vous lui demandiez ce qu'elle pense des hommes, elle aurait sûrement une moue de mépris. Elle perdrait à l'instant sa douceur, son vernis.

Les hommes sont de sales bêtes.

De sales bêtes, en vérité.

Lorsqu'on lui demande ce qu'elle fait, Monique Lemasson répond qu'elle s'occupe de personnes âgées. Les gens hochent la tête avec sollicitude, disent que c'est un beau métier, qu'il doit en falloir du courage. Elle déteste ces âneries. Mais elle répond :

— Eh oui, c'est difficile…

Difficile n'est pas le mot. C'est fastidieux, surtout. Pesant, rébarbatif. Les aider à manger leur repas, faire les petits soins, s'il y en a, parce que les infirmières s'en vont après vingt heures. Et la toilette aussi, lorsqu'il y a eu des accidents de lit, même quand ça lève le cœur de nettoyer tout ça, parce que, des fois, si vous saviez dans quel état on les retrouve !

Et puis répondre à leurs coups de sonnette. Régler les disputes du soir, qui éclatent dans les couloirs. Les crises de jalousie, de larmes, de colère. La télé du voisin qui marche un peu trop fort. Une vieille qui ronfle, ou un autre qui tousse.

Les hommes, en vieillissant, deviennent intolérants. Tout les gêne, tout les dérange.

Elles sont quatre auxiliaires, à partager la nuit : deux par étage. Elles se relaient. Celle qui est au premier avec elle, Corinne, prend son poste un peu avant deux heures du matin.

Avant, Mme Lemasson est seule. Seule avec vingt-six vieillards, gâtés comme des gosses. Des petits vieux aisés. Parce qu'ils en ont sûrement, du bien, pour se payer le Bon Repos. Quand elle aura leur âge, elle n'aura pas leur chance, non. Ce n'est pas avec sa retraite qu'elle pourra mourir dans du climatisé.

Elle crèvera en gériatrie, à l'hôpital. Ou à l'hospice. En chambre double.

Elle n'y pense pas trop, voyez, parce que sinon, ça lui collerait des angoisses.

Elle sait qu'il y a de quoi.

Toujours est-il qu'ici, c'est un emploi tranquille. En début de soirée, il y a des contraintes, il faut bien qu'elle travaille. Mais la nuit, ça va mieux, c'est plus calme. On peut regarder la télé, on n'est pas souvent dérangé, on prend le temps d'y aller quand il y a les pubs.

Après dix-neuf heures, il ne vient plus jamais personne, mis à part un des enfants, parfois, s'il travaille un peu tard le soir. Mais c'est exceptionnel et, de toute façon, ils s'en vont toujours avant vingt et une heures. C'est le règlement qui veut ça.

Mme Lemasson les raccompagne à la porte d'entrée. Elle leur fait la causette tout le long des couloirs. Elle ferme derrière eux. Elle dit que tout va bien. Ils partent rassurés.

C'est pour ça qu'on la paie.

Mme Lemasson déteste tout, chez les vieux : leurs paupières abattues et pleines de faux plis, leurs joues bleues, leurs yeux tristes, fuyants. Troubles et mornes. Leur profil de momie.

Leur maigreur cachectique, qui la met mal à l'aise et lui fait presque peur. Leur crâne déplumé, cheveux fins de bébés, mais friables et ternes. Leur front d'ivoire gris et luisant sous la lampe.

Ils se tiennent penchés, ils vacillent, ils tremblent. A les voir si courbés en avant lorsqu'ils marchent, on les croirait surpris par la bourrasque. Où qu'ils aillent, ils vont toujours contre le vent. Leurs mains noueuses se cramponnent aux poignées des portes, se retiennent à l'arête des meubles, cherchent à s'amarrer au flanc lisse des murs. Leurs mains, tordues comme des ceps. Leurs ongles durs, striés, couleur d'ambre, serres d'oiseaux de proie qu'ils plantent dans vos bras quand ils se tiennent à vous. Comme s'ils espéraient vous tirer avec eux dans la tombe.

Mme Lemasson déteste tout. Mais l'odeur, plus que tout.

Les vieux, ça pue la mort. L'odeur du cimetière, ils la distillent. Elle imprègne leur peau malsaine, leur bouche aux lèvres avares. Ils soufflent une haleine fétide. Exhalent des fadeurs de terre retournée. On croit que ça provient des objets qu'ils entassent, des rideaux poussiéreux, de tous leurs souvenirs. Mais non. Cela vient d'eux.

Mme Lemasson sait que pour elle, aussi, ça viendra, le remugle. Alors elle se détaille, elle s'inspecte. En faisant sa toilette, elle se lave plutôt deux fois qu'une.

Pourtant, elle se fera rattraper, rien à faire.

Elle retrousse les lèvres, regarde ses gencives – qui pâlissent –, examine ses dents, dont l'émail se fissure et se ternit déjà. Elle fait le compte des dégâts. L'œil se borde de gris, on dirait qu'il s'enfonce. Les orbites se sont creusées, elles sont ourlées d'un cerne brun, les jours de trop grande fatigue. La sclérotique s'épaissit, elle devient jaune, striée de rouge par endroits. Les mains maigrissent et se tachent de brun. La vieillesse, longtemps tapie, commence à sourdre par les pores. Elle détend la peau, la déforme, s'installe dans les plis, réduit les mouvements. Elle s'insinue partout, pire qu'un grain de sable. Mme Lemasson n'a rien remarqué de flagrant pour l'instant, pas de relents de cave, d'émanation têtue de vieux livre moisi. Seulement, est-on bien sûr de se sentir soi-même ?

Dans le doute, elle aère. Elle se parfume, aussi. Jette les vieilleries, ne vit que dans du neuf. Prend souvent ses deux chiens contre elle, pour mélanger leurs muscs, échanger les odeurs. Masquer la sienne sous la leur.

Mais lorsqu'elle arrive au travail, ça l'agresse. Dans les couloirs, ça passe encore. On se perd entre les effluves, puanteurs de poisson ou de chou venues de la cuisine, lourdes vapeurs de la buanderie, sans compter les désinfectants, dans les parties communes et dans les sanitaires.

Dans les chambres, par contre, ça vous saute au visage à peine on est entré. Impossible de s'y soustraire, on a beau tout ouvrir, faire des courants d'air, mettre du désodorisant, rien à faire : ça sent.

Les chambres des vieux puent, comme leurs occupants.

Le premier qu'elle a dû corriger pour se faire obéir ? Elle ne s'en souvient pas. Quel intérêt, se souvenir de ça ? S'il fallait retenir ce genre de détails. C'était sans doute une femme. Probable.

Les femmes, elles sont insupportables. Elles vous mettent les nerfs à vif. Elles font des jérémiades. Elles se répandent en plaintes, en récriminations, avec leurs voix de charnières qui grincent. Ces voix rouillées comme du vieux métal, qui vrillent au fond de vos oreilles leur pointe aiguë qui vous fait mal. On pourrait frapper pour bien moins, on n'a plus qu'une envie, les faire taire. Leur fermer le clapet, à ces vieilles commères. C'est instinctif, voyez ? On ne calcule pas son exaspération, elle vous envahit, vous déborde. Et on craque.

Avec les hommes, elle a plus de patience. Mais guère. Ils rechignent un peu trop souvent, comme de vieux gamins mal élevés. Surtout pour la toilette : c'est toujours trop froid ou trop chaud. Le shampoing leur pique les yeux, on frotte trop fort sur leur peau. Qu'est-ce qu'il faudrait ? Les laisser macérer dans leur jus ? Merci, déjà qu'ils fouettent !

Bien sûr il y a les autonomes, dans les chambres au rez-de-chaussée. Ceux qui trottinent, qui voient bien. Qui se lavent tout seuls, se pomponnent, marchent le menton haut, le dos encore droit, et vont draguer au réfectoire. Parce que si vous croyez que ça renonce ! Pensez-vous ! Ils se font des clins d'œil pleins de sous-entendus, s'écrivent des mots doux, se donnent rendez-vous dans le hall, ou bien dans le jardin, derrière les bosquets ou sur les bancs du fond. Rendez-vous pour quoi faire ? Pour se frotter les os ?

Il y a déjà eu plusieurs mariages, ici, au Bon Repos. Des mariages, quelle tristesse !

Mme Lemasson ne s'y risquerait pas, ça non, pas de danger. Ajouter des misères aux siennes ? Comparer ses tumeurs, ses goitres ou ses hernies ?

Ils croient qu'en s'unissant, ils unissent leurs forces, et qu'ils vont retarder le départ. Et d'ailleurs c'est curieux, lorsqu'ils sont amoureux, certains d'entre eux rajeunissent, c'est vrai. Seulement, quoi qu'ils fassent, ils finiront par la lâcher, la rampe. Pour certains, ça prendra des années, et pour d'autres, quelques semaines. Mais quelle que soit l'allure où ils se traînent, ils iront tous au même endroit. Tous, on ira.

Mme Lemasson la sent venir bien avant eux, l'ultime usure. Elle décèle très tôt le tremblement des mains, si léger pourtant, au début. Les visages figés, et les hésitations devant les escaliers. Elle note les oublis, les confusions gênantes. Les Parkinson, les Alzheimer.

Ce qui lui fait le plus peur, dans tout ça, c'est la vieillesse tout court, qui vous tue sans prétexte, en douceur.

Mme Lemasson voit tout. Les médiocres défaites, les petites douleurs. La vue qui s'affaiblit et l'audition qui baisse. Leurs forces qui s'en vont et la vie qui les laisse. La canne, qui apparaît un beau jour sous leur main. Ce qui prend l'eau, tangue, naufrage et coule. Ces fins de vies qui empuantissent, comme des bougies aux trois quarts consumées dont la flamme vacille encore, et fume noir sans éclairer.

Elle les voit venir. Les attend. Parce que, finalement, il n'y a pas de surprise : ils échouent tous, ou presque, entre ses mains, lorsqu'on les monte à son étage, un beau matin.

Elle s'occupe des plus âgés et des plus dépendants. Des plus pénibles, on peut le dire.

Ce n'est pas une vocation, qui pourrait vouloir faire ça ? C'est un concours de circonstances. On ne choisit pas, dans la vie. En tout cas, elle n'a pas choisi. Mais bon, il y a des avantages. C'est juste à côté de chez elle. Et elle a sa tranquillité, elle l'a dit. C'est une petite maison, pas trop de personnel et beaucoup de contraintes. Elle en fait plus que ce qu'elle devrait faire, même les soins, parfois, et pour le même prix. Du coup, on ne l'embête pas, on tient à elle. Pas si facile de trouver des gens disponibles et pas regardants.

On voit bien des petites jeunes qui viennent pour faire leurs stages. Seulement il y a ce qu'on vous apprend dans les livres, et le reste. Dans les livres, il n'y a pas d'odeurs. Pas de cris, de coups de sonnette. De soupe répandue, de caprices du soir. Dans leurs bouquins de cours, c'est toujours propre et net. Enfin, elle le suppose, rien qu'à voir leur figure, aux petites jeunettes, aux premières diarrhées, aux premiers désespoirs.

Elle, elle s'en fout, voyez ? Elle est blindée. Blindée comme une porte.

Vous croyez qu'ils se plaignent, qu'ils la dénonceraient ? Mais non. Bien sûr que non ! Ils ont beau être séniles, ils sont encore malins, ils comprennent leur intérêt. Quand leur famille vient les voir, ils se tiennent à carreau, ils se taisent. Parce qu'ils savent que tout à l'heure, quand les enfants repartiront, c'est elle qui sera là pour leur dire bonsoir.

Elle, et personne d'autre.

Oh, c'est vrai que, dans le service, il y a deux filles qui agissent autrement, qui font tout en douceur, sans jamais se fâcher. Des "nounous" comme on les appelle. Des nounouilles, plutôt. Des gentilles, de pauvres cloches qui se font marcher sur les pieds, se font traiter comme des chiens en gardant leur joli sourire, et qui la jugeraient, qui la dénonceraient peut-être, si elles la voyaient lever la main sur eux. Mais c'est surtout parce qu'elles, elles n'osent pas le faire. On ne lui ôtera pas de l'idée que les vieux, ça ne peut pas être vraiment aimé.

Mme Lemasson a cinquante-huit ans, elle connaît son travail. Le directeur peut bien passer dans les couloirs, interroger les pensionnaires, on ne dit que du bien sur elle, on n'a rien à lui reprocher. Pas intérêt.

Mme Lemasson, c'est un vrai rossignol, elle siffle tout le temps. Toujours pimpante, toujours gaie.

Mais c'est la nuit surtout, qu'elle chante.

Et s'il y avait des marques, des séquelles ? Elle ne craint pas ?

Des marques ? Ce n'est pas une sauvage, quand même. Une gifle de temps en temps, ça ne fait de mal à personne. De toute façon, à cet âge-là, ça tient comme un château branlant. Ils ont toujours des bleus, des bosses. A se cogner partout, comme les gosses. Et même ! Même s'il y en avait, des traces, pour s'en apercevoir il faudrait d'abord les observer de près, soulever leur chemise ou remonter leurs manches.

Leurs enfants ne font jamais ça. Ils ne le font jamais.

Les vieux, c'est déjà bien assez de les voir. S'il fallait qu'en plus on les regarde...

Oui, mais s'ils se plaignaient, malgré tout ?

Mme Lemasson dirait à leurs enfants : C'est vrai qu'il est un peu grognon, ces jours-ci... Ou bien : Vous savez, elle devient difficile...

Ce genre de réponses, ça suffit pour calmer les familles. "Difficile", ça peut vouloir dire : On ne va plus pouvoir vous le garder. Vous allez devoir le reprendre et puis l'inscrire ailleurs.

Sauf qu'ailleurs, c'est très loin. Ou il n'y a plus de place. Ou c'est beaucoup trop cher.

Alors on se tait. Ça se tasse.

Parfois un des enfants débarque à l'improviste, un peu tard en soirée. Il arrive au moment du repas. Mme Lemasson n'est jamais prise sur le fait. Elle a encore l'ouïe fine.

Quand la porte s'ouvre, elle dit :

— Oh mais, quelle surprise ! Regardez, monsieur Royan (ou madame Delmas, ou un autre), regardez : vous avez de la visite !

Le fils, la fille, voient les éclaboussures de soupe sur la serviette, nouée serrée autour du cou comme un bavoir. Les taches sur la table, tout autour de l'assiette. La salive qui suinte encore de la bouche. Ils voient ce regard vide, un peu désespéré. Les cheveux en désordre. Ce mouvement de tête, imperceptible, continu, non-non-non. Le corps plié, penché, mal installé dans le grand fauteuil gris.

Ils marquent un temps d'arrêt, disent bonjour d'une voix blanche, avec une expression bizarre, à la fois surprise et inquiète. Plus qu'inquiète, en fait. Apeurée.

Mme Lemasson essuie le fil de bave. Certains bavent vraiment comme des escargots.

Elle s'exclame, d'un ton enjoué :

— Vous tombez bien, vous allez m'aider à lui faire la leçon ! Vous savez qu'on m'en fait, des caprices ! Voilà qu'on refuse d'avaler sa soupe ce soir !

L'autre fait toujours non-non-non, sans s'arrêter, d'un mouvement de métronome, bien réglé. L'enfant s'approche, l'embrasse sur la joue, et veut savoir si tout va bien. Et les vieux font leur comédie. Ils prennent la main de leur fils, de leur fille, et la serrent en silence. Ils leur font leurs yeux d'épagneul.

Mme Lemasson est rodée, elle rit, elle s'étonne :

— Eh bien ? Vous ne dites plus rien ? Vous avez avalé votre langue ?

Alors les enfants rient, eux aussi, mal à l'aise. Parfois (le plus souvent) ils ne remarquent rien. Ou bien ils font semblant.

Certains, pourtant, froncent les sourcils et semblent contrariés.

Les pires, ce sont ceux qui arrivent de loin. Ils viennent trois fois l'an et se croient tout permis, ils font des réflexions, ils sonnent pour un rien. Il faut venir régler le lit, le fauteuil, le chauffage.

Ils vous toisent d'un air suspicieux, prétentieux. Rien ne va jamais bien.

Ils ont de ces questions… Il mange, au moins ? On le fait marcher tous les jours ? Il sort dans le jardin ? Mme Lemasson a envie de leur dire : Si ça vous soucie tant, gardez-le donc chez vous !

Mais pas de risque, non ! Les vieux sont encombrants, ils ont des exigences. Ils prennent trop d'espace et de vie. Et de temps.

Non : on les place en maison, pour qu'ils soient bien soignés, bien à l'aise. Bien loin.

On met le prix qu'il faut, pour ne pas s'en vouloir. Et que la conscience se taise. On vous les mène un beau matin, au Bon Repos, avec leurs quatre bibelots, leurs deux valises. Et on s'échappe au bout d'une heure, en promettant de revenir, parce que les chambres sont petites, qu'il fait chaud. Parce que le grand salon a des odeurs de fleurs fanées et des couleurs de cimetière. Que les couloirs sont pleins de vieux débris tremblotants, tassés sur leurs fauteuils roulants. Et que la mort colle déjà son nez sale au carreau.

Le premier jour, quand ils vous les laissent en dépôt, les enfants disent à bientôt d'une voix qui chevrote, leurs larmes au rabais en travers de la glotte. Ils font semblant de rire, fort.

Les vieux font au revoir de leurs mains tavelées de rouille, les regardent partir, longtemps, sur le perron. Quand ils reviennent dans le hall, ils ont les yeux mouillés et le regard perdu. Il faut les ramener jusqu'à leur chambre parce qu'ils ne savent plus où elle est. Et dès le premier soir, il faut qu'on s'en occupe.

Les vieux manquent à leurs proches ? Peut-être.

Mais quand ils pissent au lit, c'est elle qui les torche.

Lorsqu'il y a une visite, Mme Lemasson s'éclipse, en disant:

— Allons, je vous laisse profiter de votre famille. Je reviendrai tout à l'heure, promis !

Quelquefois, un des enfants la suit dans le couloir, et demande à mi-voix :

— Comment le trouvez-vous ? Est-ce qu'elle va bien ? Dites-moi, sincèrement ?

Elle pousse un petit soupir résigné, elle répond:

— Il est un peu grognon, ces jours-ci, c'est vrai. C'est vrai qu'elle devient difficile. Mais il ne faut pas s'inquiéter, vous savez. Parfois, ils ont de petits coups de déprime. A cet âge, un rien les contrarie ! Votre visite, ça va lui faire du bien, vous allez voir.

Et lorsque, un peu réconforté, on la remercie de tout ce qu'elle fait, avec son bon sourire, elle tapote l'épaule et elle dit :

— C'est bien normal, ils sont si fragiles à leur âge. Si on ne leur donnait pas d'affection…

Puis elle part s'occuper d'un autre pensionnaire…

SON PÈRE

Son père est en maison de retraite. Il va fêter ses quatre-vingt-neuf ans.

Elle craint de le revoir. Elle le retrouve un peu plus faible, à chaque fois. Il diminue, il se dissout, par degrés infimes, subtils. Il jaunit, il se parchemine. Les voici presque aux derniers jours. Le temps pour s'aimer se fait court.

Mais elle vient. Et lorsqu'elle repart, elle a des visions de chenil, d'abandon, de sale débandade. Elle sait bien que ce n'est pas ça. Elle sait bien qu'elle ne pourrait pas le garder chez elle, dans ce deux-pièces sans balcon, au quatrième étage. Et que lorsqu'elle travaille, il resterait seul, tout seul. Elle ne peut pas faire autrement.

Elle voudrait ne pas avoir mal, ne pas avoir de remords imbéciles, inutiles. Il n'empêche, lorsqu'elle s'en va, elle se sent lâche. Elle le confie aux infirmières, qui assurent que tout va bien. Mais elle sait que c'est faux.

Elle presse le pas. Elle pleure en voiture. Et puis la vie reprend son cours.

Chaque fois qu'elle lui rend visite, elle se fait la leçon, avant.

Elle devrait lui montrer beaucoup plus d'affection. La donner sans compter. Tout dépenser, comme on le fait pour les pièces étrangères avant de passer les frontières. A quoi bon s'encombrer de richesses inutiles ? Pas d'économies, sur l'amour.

Elle aime bien son père, et plus il devient vieux, plus se mêle à sa tendresse un autre sentiment, difficile à cerner. Comme un sentiment maternel, on dirait.

Les vieux l'ont toujours attendrie. Ils sont vulnérables, émouvants. Arrivés là où ils sont, à leurs tout derniers pas, à leurs tout derniers mots, ils la touchent.

Elle s'apitoie sur eux et sur leurs tremblements. Sur leurs hésitations, leurs gestes malhabiles. Elle les voit comme de vivants et précieux fossiles, de pauvres éléphants. Elle voudrait alléger leur charge. Les aider à porter ce fardeau de bois mort et cassant qu'est devenu leur corps.

Elle leur trouve des impuissances de tout petits enfants, devant chaque incident de la vie quotidienne. Mais l'illusion s'arrête là : les personnes âgées ne vont pas devenir plus fortes, au contraire. Leur dépendance est sans espoir, et la lumière s'amenuise.

Elle voudrait tant pouvoir les rassurer. Mais quelle veilleuse allumer, pour éloigner la nuit qui, lentement, les cerne ?

Les très anciens, surtout, la peinent. Ceux qui sont si usés qu'ils ont des veines transparentes, sous la peau trop sèche, amincie. Des yeux noyés de pleurs figés, qui ne roulent jamais le long de leurs joues pâles. Ils se recroquevillent, s'enroulent peu à peu, se replient sur leur ventre comme de vieux tatous. Même leurs rires sont exsangues. Il faudrait les bercer, leur caresser la main, les consoler du chagrin de mourir. Il faudrait leur offrir des gestes de tendresse. Leur chuchoter des mots gentils en massant leurs épaules frêles, aux endroits anguleux où la chair a fondu. Là où la peau se tend, sur les os saillants et pointus.

Elle a du mal à s'extérioriser. Le contact ne lui vient pas spontanément. Elle doit aller le chercher très profond, très loin. Et lorsqu'il vient enfin, il est gauche.

Elle aime à contretemps, et elle se le reproche.

Son père oublie le présent, et le passé récent. Ce n'est pas une maladie, seulement les effets de l'extrême vieillesse. Quelques années de trop, à peine un peu de temps sur le calendrier. Et sa vie, peu à peu balayée, effacée. Lentement dispersée.

On l'a changé, ce n'est plus lui, cet homme absent qui se perd longuement dans la contemplation des arbres de la rue, au travers des fenêtres.

Et son regard, quand elle arrive, c'est tout ce qui survit vraiment.

Il perd ses mots, sa mémoire est confuse, son corps se pétrifie.

Non, ce n'est plus celui qui faisait résonner la maison de son rire, chahutait avec elle comme un adolescent, lorsqu'elle avait douze ou treize ans.

C'est un nostalgique fantôme, qui vit sans conviction, seul, triste et silencieux.

Elle, qui pourrait parler des heures, ne sait plus que se taire, dire des mots de peu, quand elle est près de lui. Elle ne sait jamais que lui raconter, qui pourrait le distraire.

Il lui sourit. Lui parle de sa mère, de lui. Un souvenir émerge, un autre. Ce sont souvent les mêmes anecdotes, qui reviennent. Des histoires anciennes.

Puis, peu à peu, le voile noir retombe.

Il faut se retirer à l'heure de la sieste, ce lourd entraînement quotidien à la mort.

A son réveil, elle le sait, les mots lui échappent, se dérobent.

Dormir ne le repose plus, ça le vide, l'érode.

Elle le rassure, le protège. Elle fait semblant de ne rien voir. Et c'est lui qui proteste, agacé de ces trous de mémoire qui sont de vastes gouffres où sombre le passé.

Ils cherchent ensemble le mot fuyant, ou l'expression rebelle. Ils en rient quelquefois, bien sûr. Mais quels que soient leurs efforts, ils sont vains.

Son père lutte moins, il fatigue, ou renonce. Il se lasse.

Vieillir est un trop long chemin.

C'est une impasse.

ON N'A PAS
TOUS LES JOURS CENT ANS…

Le mois dernier, on a fêté les cent ans de Mme Vivieux.

C'est bien d'avoir un centenaire, pour une maison de retraite.

Le centenaire, ça donne toujours un petit coup de pouce à la liste d'attente. A peine on a fini de souffler les bougies, hop, trois ou quatre nouveaux inscrits.

On a droit aux articles dans les journaux locaux, *La Petite Gazette*, et *L'Echo du pays.*

Dans le quotidien régional, aussi.

Comme dit Mme Prunier, de l'accueil : le centenaire, c'est vendeur.

Chaque fois qu'on a un centenaire, ou mieux (ce n'est pas si souvent), le député-maire vient nous rendre visite. Il fait un discours émouvant, et il chante : *"On n'a pas tous les jours cent ans !"*

On rit.

Puis il félicite M. Prades-Jobert, le directeur de l'établissement, pour l'excellence de son accueil, la qualité irréprochable de son service et cette chaleur humaine, ce dévouement sans bornes de tout le personnel, grâce auquel les heureux pensionnaires peuvent espérer arriver à ce bel âge qui, à ce bel âge que.

C'est un bel homme, ce député. Toujours tiré à quatre épingles. Et pas prétentieux, avec ça.

Il va serrer la main à tous les employés, il a un mot gentil pour chacun.

Bravo. C'est bien. Merci. C'est grâce à vous. Quel beau métier vous faites.

Il a beaucoup d'humour.

Le jour où il est venu pour Mme Vivieux, par exemple, il a dit : "Quand on s'appelle Vivieux… on vit vieux !"

On a ri.

Comme il n'y avait pas grand-chose dans l'actualité, on a eu droit à la télé régionale, pour passer au vingt heures. L'équipe télé est arrivée tôt, avec un camion et une voiture.

Ils ont installé des fils un peu partout, des spots, des micros, deux caméras, et des trucs dont on ne savait à quoi ils pouvaient bien servir.

On nous a demandé de laisser les pensionnaires dans leur chambre jusqu'à quinze heures, qu'ils ne viennent pas se prendre les pieds dans les câblages électriques.

La journaliste s'est isolée un moment avec M. le député, pour mettre au point le reportage. Il lui a dit qu'il avait un enterrement à seize heures, et qu'il ne faudrait pas traîner. La journaliste a répondu que ça tombait bien, parce qu'elle avait un direct sur la manifestation des agriculteurs à seize heures trente, et que donc.

Ensuite elle nous a tous réunis dans le réfectoire, qu'on avait décoré pour l'occasion, et elle nous a expliqué qu'elle n'interviendrait pas, qu'elle voulait que cette petite fête garde son côté convivial et spontané, et que nous devions faire comme si l'équipe télé n'était pas là.

On est allé chercher les pensionnaires, ils ont tous fait coucou aux caméras.

Enfin, la cérémonie a pu commencer.

Mme Vivieux était la reine de la fête, tout habillée de beige et blanc, pomponnée, maquillée. On avait fait venir la coiffeuse et l'esthéticienne, pour donner un peu de couleur à ses joues et à ses cheveux. Un beau reflet bleuté léger, pour mettre en valeur ses bouclettes.

La journaliste a fait un signe à M. le député et à M. le directeur.

Ils sont montés sur l'estrade, où stationnait déjà Mme Vivieux.

Le député a tapoté sur le micro.

On s'est tus.

M. le député-maire a parlé de la fraternité de *tous* envers les personnes âgées – dont il ne faut pas oublier qu'elles font encore partie des électeurs – et de l'égalité de *chacun* devant la vieillesse, tant qu'on a la santé, et de cette liberté de *tous* et de *chacun* de mourir loin des siens, en maison de retraite.

Il a une belle voix, cet homme.

On l'écouterait des heures.

Ensuite, il nous a expliqué les plans d'aménagement de notre commune qu'il compte mettre en œuvre après les élections : la zone d'activités, le club de volley, la garderie, et le nouveau stade où, bien entendu, nos aînés seront les bienvenus !

Il a fait un clin d'œil, il a dit : "Ils seront bienvenus au stade, bien sûr, pas à la garderie !"

On a ri.

Mme Vivieux écoutait sagement.

A un moment on l'a roulée jusqu'aux toilettes, pour éviter un accident. Les caméras ont arrêté de tourner, on a attendu qu'elle revienne, ce qui a pris un peu de temps, parce qu'en fait il fallait la changer. La journaliste a regardé sa montre, le député aussi.

On a ramené Antonine Vivieux.

Le caméraman a dit :

— Zut ! Elle est pas habillée pareil, ça fera pas raccord ! Faut lui remettre l'autre robe.

— Oui, mais elle est mouillée, a dit l'aide-soignante.

— Mouillée où ça ? a dit le caméraman, en fronçant les sourcils.

— Ben… derrière ! Enfin, aux fesses, quoi !

— Ah mais c'est bon, ça, aux fesses ! Pas de problème, si c'est aux fesses : on verra rien.

— Tu es sûr, Gérard ? a demandé la journaliste.

— *No problem*, je te dis. S'il faut, je la cadre en gros plan.

— Pas trop non plus, a dit le député. Il faudrait quand même que l'on puisse voir tout le monde. Enfin, ceux qui sont sur l'estrade, au moins.

On est allé remettre sa robe mouillée à Antonine.

Ensuite le député s'est adressé directement à elle, chère, chère Antonine Vivieux.

Il s'est assis près d'elle, du bon côté, pas celui de la perfusion, et il a serré très fort entre les siennes la vieille main ridée de Mme Vivieux. Il a évoqué cette extraordinaire richesse que représentent nos aînés, dépositaires de notre Histoire, de nos valeurs morales. (Il a fait une parenthèse pour dire que l'on n'insiste jamais assez sur les valeurs morales, que son parti défend depuis toujours.) Il a repris, oui, ces personnes âgées, nos anciens, nos aînés, sont des passeurs, des témoins, mais témoins au sens le plus noble du terme, au sens Olympiqu*e* – comme la piscine olympique dont il a l'intention d'appuyer le projet envisagé par la communauté de communes, pour peu que son mandat lui soit renouvelé – oui, des témoins, comme dans la course de relais, nous apportant dans un dernier souffle, avant de nous quitter enfin, au terme d'une vie bien remplie, le meilleur de leur expérience qu'un jour, nous-mêmes, à nos petits-enfants...

C'était poignant.

Il s'est penché vers elle, et lui a demandé :

— Antonine, vous avez sûrement de bien beaux souvenirs, d'une si longue vie, n'est-ce pas ?

Elle a fait :

— Houichhh...

— Dites-moi, dites-nous, quelle époque vous revient en mémoire avec le plus de force, de quels moments aimez-vous le plus vous souvenir ?

Antonine a levé vers lui ses yeux couleur d'huître. Elle a parlé.

Comme elle articule très mal, on n'a pas trop compris.

M. Prades-Jobert, qui a l'habitude des paralysies faciales, a dit :

— Je crois que notre chère Antonine nous parle de l'époque où elle vivait dans sa grande maison... Avec ses filles... C'est bien cela, Antonine ?

— Houichhhh...

La journaliste a fait signe qu'il faudrait avancer un peu, quand même, l'heure tourne.

Le député-maire a souri, il a étreint Antonine aux épaules, en s'exclamant :

— Mais bien sûr ! Mais bien sûr ! Quels plus beaux moments, pour une femme, que cette période bénie où elle devient mère, et offre tout son temps à ses enfants...

Il a ajouté que son parti se bat pour le droit à la maternité de toutes les femmes. Pour leur droit à ne pas travailler et à se consacrer à leur famille. Et pour les valeurs morales.

Mme Vivieux a répondu, mais M. le directeur n'a pas réussi à traduire.

— Et combien aviez-vous de filles, chère, chère Antonine Vivieux ? a continué le député en regardant la pendule, sur le mur.

— Hu-hune hhhivaine… chhh…

Le député a levé les sourcils, il s'est écrié :

— Une dizaine ? Ah, vous avez une belle famille, Antonine ! Vous avez bien travaillé pour la patrie, je vois…

— Ooooh houichhh…

— Et vos chères filles, où sont-elles ? a questionné le député en regardant autour de lui.

Antonine Vivieux est repartie dans ses explications. M. Prades-Jobert essayait de traduire et, au fur et à mesure, on lui sentait venir les larmes dans la voix, parce que Mme Vivieux racontait que la guerre, l'Occupation, les Allemands, toutes ses filles arrêtées, sa grande maison en plein Paris réquisitionnée, quelle tristesse, quel malheur.

Le député a hoché la tête et a pris un ton grave pour dire que son parti était radicalement contre la guerre. Et ce, depuis toujours. Contre la guerre, et pour les valeurs morales.

On a tous applaudi.

Ensuite on a donné aux pensionnaires du pétillant dans des verres en plastique, et les grandes serviettes pour mettre autour du cou.

Mme Vivieux a fait une fausse route, mais on l'a bien récupérée.

Enfin on a apporté le beau gâteau d'anniversaire. C'était une pièce montée comme pour les mariages, mais avec cent bougies. Tout en haut, à la place de la mariée, il y avait un grand médaillon avec une vieille photo de Mme Vivieux imprimée sur du chocolat blanc, et juste en dessous, le pâtissier avait écrit : *17 août 1907- ?...*

M. le député a dit "Oh, mais c'est magnifique !" en regardant sa montre.

On a roulé Mme Vivieux jusqu'au gâteau.

Le député a dit :

— Soufflez, soufflez, Antonine. Vous permettez que je vous appelle Antonine ?

Et il a ajouté :

— Je vais vous aider, tiens !

Elle a secoué la tête en disant :

— Hon herfi chhh !

Il a insisté, alors elle lui a donné des coups de serviette. Elle est farceuse.

Du coup, on est allé la garer plus loin, le temps que le député finisse de souffler tranquille.

Après, les journalistes du quotidien local ont voulu reprendre une dernière photo avec tout le monde, mais c'était compliqué, à cause des fauteuils roulants. On a gardé seulement les plus valides, ça prenait moins de place.

L'équipe télé a coupé le tournage, le temps d'en griller une.

On en a profité pour replacer Mme Vivieux entre M. le député et M. Prades-Jobert. On lui a dit :

— Souriez, Antonine !

Elle laissait pendre un peu sa langue sur le côté. Elle fait ça, quand elle est contente.

M. le député a fait un petit signe à M. le directeur, qui a dit :

— Eh bien, hum hum, décidément, c'était une très belle fête !... Hum hum, maintenant, vu l'heure, nous allons peut-être pouvoir...

Et là, un des pensionnaires a crié :

— Une chanfon... !

La journaliste a dit que oui, c'était une bonne idée, ça, une chanson ! Et que ça finirait bien le reportage. Elle a fait un grand sourire au député, on a rallumé les caméras, elle nous a dit :

— Quand je vous fais comme ça, avec la main, vous criez "une chanson !" tous ensemble, d'accord ?... D'accord ? Allez, *go*, c'est parti !

Et tout le monde a repris :

— Une chanson ! Une chanson !

Le député a fait :

– Mais quelle bonne idée !

Il a dit que Mme Vivieux connaissait certainement par cœur tout ce merveilleux répertoire de nos belles chansons françaises. Que les personnes aussi âgées qu'elle sont des Trésors Vivants, comme on dit au Japon, et que d'ailleurs il envisage de présenter à l'Assemblée un projet de loi, si on lui renouvelle son mandat, afin que l'on reconnaisse ce statut de Trésor Vivant – quel joli terme, tellement vrai, tellement poétique ! – aux personnes de plus de cent ans, dont Mme Vivieux, a-t-il ajouté, est à la fois le seul et le plus beau fleuron de la commune. Et la meilleure représentante des vraies valeurs morales.

Ensuite, il s'est accroupi, en tirant le pli de son pantalon, pour regarder Antonine Vivieux dans les yeux, et il s'est adressé à elle, très gentiment :

— Chère Antonine, je dois partir, hélas ! D'autres obligations m'appellent, mais je sais à l'avance que je n'y éprouverai pas le bonheur que j'ai eu à passer mon temps avec vous, loin de là. Aussi, voudriez-vous, chère Antonine, me faire la grâce d'un dernier plaisir ?

— Pffchhh… a fait Antonine.

Tout en faisant signe à son chauffeur, pour qu'il aille chercher la voiture, il a repris :

— Eh bien, pendant que je m'éloigne de vous et de tous vos amis – et à regret, croyez-le bien –, accepteriez-vous de fredonner, pour moi, pour *nous tous*, une des chansons que vous chantiez avec vos filles, lorsque vous viviez toutes ensemble, dans votre grande maison, à Paris ?

Antonine Vivieux a pris un air absent, le temps de remonter aussi loin en arrière, et puis elle s'est mise à fredonner un air connu, d'une petite voix qui tremblotait à peine.

— Ah Antonine, vous me ravissez ! C'est toute mon enfance ! Ma chère maman me la chantait tous les jours, elle aussi… s'est exclamé le député-maire, en mettant son manteau.

En s'éloignant à reculons, suivi des caméras, il a entonné à pleine voix, à grands lalala, la jolie mélodie ancienne, et guillerette. Conscient qu'un si beau reportage, à quelques jours des élections, ne pourrait que susciter l'adhésion de ses électeurs, et l'aigreur de ses adversaires, M. le député battait des bras comme un chef d'orchestre, pendant que l'assemblée entière – couvrant la voix aiguë de Mme Vivieux – reprenait en chœur cet air entraînant dont, tous, au même instant, cherchaient vainement les paroles.

Enfin, le député a salué d'un geste circulaire, et puis il est sorti, sous les applaudissements.

Le caméraman a coupé, il a dit :

— OK, c'est dans la boîte !

La journaliste a vu l'heure, elle a fait :

— Oh merde ! Pas le temps d'envoyer au montage. On va être en retard pour le direct, les CRS arrivent à seize heures trente. Tant pis, on ne passera que la chanson, à la fin.

En s'asseyant à l'arrière de sa voiture, M. le député sifflotait encore.

En arrivant au cimetière pour l'incinération de Charles Maubieux, des fonderies Maubieux, il sifflotait toujours.

Ce n'est qu'à vingt heures, en voyant le reportage en compagnie de ses parents, sa belle-mère, son épouse et ses deux grands enfants – et, dans leurs foyers respectifs, tous les électeurs de sa circonscription –, que lui sont enfin revenues les paroles de cet air, *Trois orfèvres à la Saint-Eloi*, que Mme Antonine et ses *filles* fredonnaient, aux temps heureux où elle tenait maison, en plein cœur de Paris…

ROSE THÉ

Ma mère avait choisi cette maison pour le soleil, le calme, la proximité d'une ville. Le luxe d'être seule mais sans être isolée. Et ce jardin sombre et secret, pour que ses quatre enfants puissent jouer tranquilles. Quand on monte à l'étage, on a vue sur le large. C'est un vrai dépliant de collines, dans les bleus touristiques et les verts argentés. Les chambres sont douillettes, leur plancher grince un peu, comme il se doit. Dans les pièces du bas, il y a des tomettes anciennes, cirées, d'un joli rouge fissuré.

Il fait chaud, dès le mois de mai.

Elle aimait beaucoup la chaleur.

Ici, la vie s'égrène, elle semble légère. Bribes d'autos qui passent. Piailleries d'étourneaux. Musiques largement diluées au grand air, comme un sirop de menthe dans le verre.

J'ai très longtemps vécu entre ces murs. Je ne m'y sens pas étrangère, au contraire, je m'y sens presque trop chez moi. Le passé me meurtrit autant qu'il m'illumine, c'est un soleil violent. Entre ces murs, je retrouve partout des traces de ma mère : objets, couleurs, tableaux. De si petites choses, pour tenir la mémoire hors de l'eau.

Cette trace, sur le carreau, cette longue rayure où manquent des éclats : elle avait laissé échapper une cocotte en fonte. Celle qui est émaillée de vert, je crois.

Ce vase bleu, nous l'avons acheté ensemble dans une foire à la brocante. En le sortant de la voiture, elle le serrait entre ses bras comme une porcelaine ming.

Je l'ai aidée à planter ce prunier.

Je lui ai offert cette bergère avec les droits de mes premières traductions. Elle l'a retapissée, plus tard, de velours rayé rouge et jaune.

Et tous ces romans russes, sur la grande étagère, c'est à elle que je les dois.

Aujourd'hui, elle n'est plus là. Quatre ans déjà. Je l'admets n'importe où au monde. Pas *ici*. Je ne peux pas m'y résigner. Certains jours, la maison sans son pas qui résonne, c'est une trahison. Les lieux devraient mourir, eux aussi. Disparaître. Ne pas offrir leur théâtre désert au jeu truqué des souvenirs. Il faudrait effacer les jardins, qu'ils se volatilisent. Les objets, qu'ils partent en fumée, se changent en brouillard. Avancer dans la vie sans racines, au hasard.

Il faudrait mourir le premier.

Elle est partie si vite, elle. Si tôt, soixante-dix ans, à peine. D'une jolie mort, en dormant.

A ceux qui venaient me tremper de leurs larmes, j'avais envie de dire : “Il ne faut surtout pas la plaindre, elle a eu de la chance.”

Ceux qui restent pleurent souvent sur eux-mêmes. Je le sais, j'ai pleuré sur moi. Sur ce moi désarmé, désemparé sans elle. Parce que, même si je pensais m'être un peu préparée, rien ne donne une idée du vide et de l'absence, de l'infinie douleur quand vient le point final.

Pendant des jours, des mois, j'ai occulté la peine, fait comme *si*.

Comme si ne pas en parler évitait d'avoir mal. Je ne supportais pas l'idée de ne plus jamais voir son sourire, ses yeux. Ne plus pouvoir me dire : "Tiens, si j'appelais maman ? Si je lui demandais son avis ? Si je passais la voir, un week-end, aux Tonnelles ?"

Elle est partie. Il faut que je l'accepte, et trouve des douceurs à me ressouvenir.

Quand j'ai besoin de calme, c'est ici que je viens. La maison est un peu vétuste. J'aime son jardin sauvage, en fouillis. Il faudrait l'éclaircir, couper un des trois cerisiers qui est à moitié mort. Et ce vieil acacia, qui mange le soleil du prunier, dans le fond. Le terrain est cerné d'un haut mur, veiné d'ampélopsis, côté nord. Côté sud, une haie touffue, mais inégale, enchevêtre négligemment des lauriers-roses et des cyprès.

Devant, pour nous séparer de la route, il n'y a qu'un muret de pierres sèches, assez bas.

Mais devant, moi, je n'y vais pas.

Et puis, tissé serré dans le fil, dans la trame, brodée en points de croix sur tout mon canevas, le voisin. Ou plutôt : sa voix.

Je l'entends parler sans arrêt, de l'autre côté de la haie. Cet hiver, je n'y ai pas pris garde. Il faisait froid : je ne restais jamais longtemps dehors. Il a fallu la venue des beaux jours pour que je prenne conscience des chuchotis menus, des soupirs étouffés.

Il ne faut pas me déranger. Je suis sur une traduction pénible, un roman russe. J'ai du mal, avec celui-là. Avec le reste aussi, d'ailleurs. Depuis l'hiver dernier, je ne sais pas pourquoi, j'ai du mal avec tout. Avec n'importe quoi. Ma vie me joue les savonnettes.

Tout se défait, tout part en bulles, en mousse, en résidus collants.

Quand je traduis, je ne décalque pas : j'interprète. Je mets de beaux habits aux poupées qu'on me prête. J'aime traduire. J'aime ça. Seulement ça m'oblige à tirer les ridelles, à m'isoler de tous mes extérieurs. J'en oublie de manger, de boire, de pisser, et tout l'"et cætera" des besoins organiques. Bien sûr, je ne suis pas captivée par n'importe quel texte ! Il faut que ça chante à l'oreille. Que ça me joue les bois précieux. Il faut que ça m'emporte.

Mais là, cette fois-ci, du frisson, y en a pas. Je travaille comme un forçat, je pioche dans des veines creuses, sans le moindre filon doré. Je suis un chercheur d'or en panne de pépite. Je peine sur ce mauvais texte, qui prend l'eau et sent la sueur.

Cet auteur aimerait bien employer des mots crus, s'il pouvait. Mais il est trop bien élevé. Trop avare de synonymes. Il fait ça à l'économie.

Déjà vingt fois qu'il revient, l'obsédé, sur le verbe aimer. Pas le verbe qui a un point rose sur le i. C'est un autre genre, le sien. Plutôt un verbe à poil pubien. Du poil qui frise.

— *Comme je vais t'aimer, Natacha !*

— *Oh oui, oui ! Boris, aime-moi !...*

Enfin bon, on me paie pour ça.

J'entasse du brouillon par hautes piles instables, qui s'effondrent au moindre courant d'air. Jonchent la cour d'épaves, poissons crevés le ventre à l'air. Je fais des tentatives.

La datcha était chaude comme un sexe de femme. Qu'est-ce que je peux faire, avec ça ? Qu'est-ce qu'on attend de moi ? Désolée, je ne suis pas Lourdes.

La datcha était chaude comme un sexe de femme. Mais oui, bien sûr.

N'importe quoi.

Et, cependant qu'au fond de leur moite datcha Boris et Natacha forniquent, le ciel, ici, est par-dessus le toit. Mon thé est presque froid. Et mon boulot n'avance pas.

Alors, si en plus on marmotte à côté, si on bruisse, si ma haie se remplit de murmures incessants, cela devient trop difficile. Je me rends. Je sens que je deviens étanche. Je m'imbibe des sons, des parfums, des remous. Je suis un buvard, une éponge, c'est tout.

Quand j'étais gamine, déjà, j'étais la spécialiste. Un moineau dans le grand marronnier, un chat qui traversait la cour, la concierge en tablier bleu, un sillage d'avion comme une cicatrice, et ça y était. Le nez levé, je mordillais le bout de mon crayon entre mes incisives. J'aimais sa faible résistance à la morsure, ce tout petit éclatement quand le bois cède et, avant lui, la couche de peinture. Ça me laissait des lambeaux colorés sur les dents, collés par la salive. Je ne mâchonnais pas au hasard, je décorais d'entailles régulières, à l'espacement calculé d'un bout de langue inquisiteur. J'étais loin. Les maîtresses s'évaporaient dans un grand flou de paroles oiseuses puis, les explications données, leurs voix aigres ou pointues se taisaient.

Course des plumes sur les feuilles, soupirs, vagues consternations aussitôt réprimées : “Travaillez, maintenant !”

Le silence me tirait de mes rêves, me plaquait brusquement sur la réalité : il y avait des divisions à faire, et les autres avaient commencé. Moi, je rentrais tout juste de voyage, on ne m'avait pas informée. J'étais complètement paumée.

Depuis mon arrivée ici, je passe mes journées en T-shirt mou, caleçon moche.

Je mange seulement parce qu'il faut se nourrir. N'importe quoi, yaourt, céréales, gruyère ou chocolat, noyé par du thé noir au litre. Le temps passe et insiste en me montrant ses traces. L'aiguille qui tourne au cadran, la poussière qui se dépose sur la tranche pâle des livres. Les fruits peu à peu tavelés et flétris, dans la corbeille d'osier peint. Le pain, qui lentement durcit. Ce temps mort, qui puise inexorablement dans mes économies.

Je ne m'astreins qu'à de rares corvées.

La vaisselle du soir. Je ne supporte pas d'attaquer le matin dans des visions de couverts sales. Fourchettes grasses. Bol enduit d'un torchis de muesli séché. Tasse où, du thé évaporé depuis la veille au soir, ne subsiste qu'un culottage brou de noix, cerné d'un ourlet noir tenace.

Le petit-déjeuner, que je m'oblige à manger lentement, sans m'arrêter à mon pied impatient qui tape la mesure, à ma main qui émiette le pain malgré moi, à l'envie de me lever de table, de partir, de m'enfuir.

La toilette. Minutieuse, sommaire, cela dépend des jours. Quotidienne, en tout cas.

Ouvrir grand les fenêtres.

Marcher une heure, ensuite, en évitant de fixer les cailloux du chemin. Me contraindre à lever la tête. Faire le point, de mes yeux myopes, sur le flou gris-bleu des lointains. Me retourner de temps en temps, pour contempler la route inverse. Ce que je quitte, que je laisse.

En rentrant, m'arrêter à l'épicerie. Prendre une baguette à l'ancienne. Des fruits.

Dans mon appartement, ma cage fonctionnelle, je me heurtais aux murs et je tournais en rond ou je m'abrutissais d'occupations stupides. Je donnais du volume au vide, et je prenais des airs de personne occupée. Depuis que je suis arrivée ici, j'ai renoncé au bruit. Télé, radio, musique. J'ai un bureau de moine, rien ne peut me distraire de mon oisiveté. J'assume, maintenant. Je veux savoir jusqu'où s'étend la vacuité, jusqu'où peut m'engloutir le vide.

Je ne fais presque rien. Je tourne seulement ma chaise, à intervalles réguliers. Tournesol décoiffé aux longues cuisses maigres, je tiens tête au soleil. J'ai des torpeurs de paresseux, tout prend du temps, tout se calcule. Si je veux me refaire du thé, j'attends d'avoir envie de pisser. Ainsi, je ne me lèverai qu'une fois seulement. L'heure passe, le jour s'écoule. Et ma pelote se déroule, sans que rien ne soit tricoté. La traduction n'avance pas. Je me gaspille, et je le sais.

Le soir venu, je ralentis encore davantage. Je voudrais vivre à reculons. Je retarde l'instant d'aller dormir, comme lorsque j'étais enfant.

J'ai des nuits de rongeur.

Pourtant j'aime les lits et tous leurs accessoires. Couettes et oreillers, draps de coton léger, flanelle duveteuse, édredons, couvre-pieds. Me coucher est toujours un plaisir.

Je m'allonge avec un soupir. Je flotte au gré d'images tièdes et lentement je m'assoupis. Je rêve déjà, tout va bien. Pas pour longtemps. Je me réveille brusquement. Inutile de vérifier : deux heures du matin. J'ouvre les yeux sur des lueurs confuses : encadrements de la fenêtre et de la porte, un peu plus clairs. Je m'entends respirer, je me reviens, réintègre ma peau, mon âme.

Les pensées s'affolent aussitôt. Tout y passe. Le vrai, le faux. Le passé, le présent. Le futur qui, je ne sais pourquoi, est toujours inquiétant, pendant ces heures-là. La goutte d'eau qui sans arrêt se renouvelle, s'écrase dans mon lavabo, le martèle. Les analyses de sang de ma sœur. Pas fameuses, à ce qu'il paraît. Et mes fils qui, et ma vie que.

Je m'agite. Je me bats avec l'oreiller. J'essaie de retrouver le fil du rêve, en vain. Je me fais lourde. Je me recroqueville pour prendre moins de place, tromper l'hostilité du matelas dans lequel je voudrais imprimer ma trace, mais qui résiste, me rejette. Qui se change en tôle ondulée. Je cherche à retrouver des chaleurs d'utérus. J'aimerais pouvoir nicher là, m'oublier. Disparaître. Repartir d'où je viens. Inutile, mon lit devient un vrai champ de bataille. Il passe à l'ennemi, se vend à l'insomnie. Alors je capitule et je finis toujours par me lever.

Je m'habille au hasard, la nudité me gêne. Elle me rend vulnérable, angoissée. J'ai la crainte d'être éraflée, de me rayer aux coins des meubles, aux pointes vives du crépi. J'ai la peau susceptible, un rien me marque, me bleuit. Je suis frileuse, aussi. Et engourdie. J'enfile à tâtons pull, caleçon, chaussettes, grosse veste en hiver. Je me protège, peau et poils, d'une armure de plusieurs couches, laine et coton superposés. En été, ce n'est qu'un T-shirt, mais *bien couvrant*, comme aurait dit ma mère. Je suis une Eve famélique. Maigre Vénus emmitouflée.

Puis je descends. Je connais les ombres par cœur, le tournant du couloir, les accidents légers des carreaux sur les marches, la place des interrupteurs. Je pourrais vivre dans le noir, je prévois les portes, les murs, aussi bien qu'une aveugle. D'ailleurs, souvent, je n'allume qu'en bas, lorsque je suis dans la cuisine.

La nuit, la maison change, elle devient différente. Elle a d'autres silences. Elle m'oblige à des discrétions d'église, de musée. Je m'y déplace avec scrupules. Pourtant je ne dérangerais personne, si je faisais du bruit. Personne : je suis seule. Mais c'est ainsi. Je vais sur la pointe des pieds. Je me prépare une tisane. Je m'assieds sur une chaise à l'assise de paille, le dos calé par le dossier de bois. Face à moi, l'arche de pierre s'ouvre grand sur le séjour, puis la porte vitrée donnant sur le jardin, qui est, à ces heures, indiscernable.

Je lis, le front porté par la main droite. Et la gauche maintient le livre ouvert, d'un doigt.

Je me recouche bien plus tard, vers les cinq ou six heures du matin, lorsque mon lit et moi sommes réconciliés. Je coule au fond de moi, épuisée de fatigue. Je m'échappe à moi-même.

Je m'endors en sourdine et me fausse, enfin, compagnie.

Ce matin, je me suis levée tard, après une nuit d'insomnie, pas pire ou meilleure qu'une autre. J'ai ouvert les volets. Je l'ai vu.

Il était au milieu du jardin, immobile. Avec, dans toute l'attitude, quelque chose de vulnérable, d'attentif. J'ai pensé : "Une huppe, on dirait une huppe."

Je l'ai pensé en plus confus, bien sûr. Pas aussi clairement formulé. Pourtant, je sentais bien qu'un mouvement trop brusque, il prendrait peur. Il pousserait un cri, ou se pétrifierait. J'ai suspendu mon geste. Je n'ai même pas accroché les battants sur le mur. Au contraire, je les ai ramenés vers moi, tout doucement, jusqu'à ne plus avoir qu'une étroite visée : l'allée, les albizzias, la pelouse. Et lui, près de la table en fer laquée de blanc.

J'étais perplexe. Brumeuse aussi, car mes réveils sont difficiles, évidemment.

Qu'est-ce qu'il faisait là ? D'où venait-il ? Comment s'était-il introduit chez moi ?

Je n'étais pas en colère. Pas inquiète non plus. Surprise simplement.

Il semblait plongé dans la contemplation de mes buissons de roses. Elles sont superbes, cette année. Ma mère leur apportait un soin jaloux. Elles s'en souviennent, et continuent de fleurir, chaque année, toujours si belles, malgré tout.

Je suis restée ainsi, embusquée, pendant un quart d'heure, voyeuse en pyjama, pieds nus, l'œil collé à la meurtrière. Il bougeait peu. Un petit pas ou deux, un hochement de tête, un rien.

Puis, de nouveau, il s'arrêtait, et restait immobile.

"Bon, j'y vais. Cette fois-ci, j'y vais." Je me suis habillée à la hâte. Soudain, j'avais peur qu'il s'en aille. Ce serait trop bête, vraiment. J'imaginais ma déception : je descendrais l'escalier quatre à quatre, j'ouvrirais les volets du bas, trop tard : il aurait disparu, se serait envolé. Je n'aurais plus qu'à ressasser mes doutes, me demander s'il s'agissait ou non d'un mirage, une apparition.

Lorsque je suis sortie dans le jardin, il y était toujours. Je me suis approchée, souriante.

J'ai dit, d'une voix posée, comme si sa présence était une évidence :

— Bonjour. Est-ce que je peux faire quelque chose pour vous ?

Il a levé la tête. Il m'a répondu, le plus naturellement du monde :

— Vos roses sont magnifiques.

Puis :

— Je crois bien que je suis perdu.

Il constatait le fait, rien de plus. Je l'ai dévisagé, sans insister, pour ne pas le mettre mal à l'aise. Il avait des yeux bleu pâle, délavés. Il devait avoir dans les soixante-quinze ans. Guère plus en tout cas. Mon père et ma tante Clotilde abordent ces rivages-là. Ils sont jumeaux.

Je retrouvais chez cet homme la même teinte ivoire de la peau, la blancheur cendrée des cheveux. Cette usure du corps, manifeste, qui pourtant sauvegarde un reste de prestance, un souvenir de dignité. Une simple patine, et quelques éraflures, comme ces marques sur le bois qui donnent aux vieux meubles leur charme. La silhouette un peu tassée. Une façon d'être, imprécise. Pas tremblante : mal assurée.

J'ai pris les sécateurs, qui traînaient sur la table, j'ai coupé une rose, à peine ouverte.

J'ai soigneusement épointé les épines, et je la lui ai tendue en disant :

— Tenez, elle est pour vous.

Il l'a portée à ses narines, il a fermé les yeux un instant. Il m'a dit :

— Ah, les roses !… Les roses…

Il a ajouté, prévenant :

— Vous devriez aller vous coiffer, maintenant…

J'ai eu cette réaction imbécile : passer les doigts, bien écartés en peigne, dans la masse de mes cheveux.

J'avais des épis-traversins plein la tête. J'ai retiré ma main aussitôt, confuse. J'ai rougi.

C'était absurde. J'ai préféré ignorer sa remarque. Repartir du début, calmement.

— Vous ne vous souvenez plus de l'endroit où vous habitez ? C'est ça ?

Il a baissé la tête, d'un air contrarié, vaguement boudeur. Il a eu un geste agacé, difficile à traduire. Frémissement du bout des doigts, pour dire *qu'est-ce que ça peut faire ?* ou *laissez-moi tranquille avec ça...* Puis il a hoché la tête comme si, en fait, ma question était un sujet grave, essentiel. Il s'est éloigné de quelques pas dans l'allée, concentré.

Enfin, se retournant vers moi, il a dit :

— Je me souviens très bien de l'endroit où je vis. Très bien. J'ai simplement oublié le chemin pour y aller. Le chemin, voilà tout. Ce n'est pourtant pas difficile à comprendre !

Je sentais bien que c'était un reproche.

J'envisageais déjà diverses solutions. Appeler les pompiers ? La police ? Faire le tour du quartier, frapper aux portes des voisins ? *Vous n'auriez pas égaré un vieux monsieur, par hasard ?...*

Je ne connais personne ici. D'ailleurs, jamais je n'ai connu mes voisins, nulle part. Je suis sauvage. Je n'aime pas beaucoup les gens. Je crois bien que c'est réciproque.

J'en étais là de mes hésitations lorsque j'ai entendu frapper. Un toquement direct et franc, sonore sans être excessif. Pas de ces coups de poing qui ébranlent les murs. Ni de ces grattements plaintifs de chien qui veut entrer. J'ai dit :

— Excusez-moi, je reviens tout de suite…

Il a souri d'un air indifférent. Visiblement, il s'en foutait.

Je suis allée ouvrir. C'était un homme, d'une cinquantaine d'années. Grand et plutôt massif.

— Bonjour. Pardonnez-moi de vous déranger, mais je crois qu'il est chez vous.

Pas : *Je cherche mon père*, ou *mon oncle*. Non, seulement : je crois qu'*il* est chez vous.

J'ai répondu sans hésiter :

— Oui, en effet, il est dans le jardin. Suivez-moi, je vais vous conduire.

Je l'ai entendu ajouter :

— Je pense qu'il est passé par la vieille porte, vous savez, au fond de votre terrain. J'habite à côté, nos jardins sont mitoyens, mais j'étais persuadé que cette porte était condamnée.

— Il faut croire que non. Je la croyais fermée, moi aussi.

Je ne l'ai pas regardé, en disant ça. Je n'avais surtout pas envie que, lui, il me regarde. Hérissée, attifée, pas encore lavée. J'étais sale, j'étais hideuse.

Il fallait qu'il s'en aille. Et ce vieil homme également. *Allez-vous-en.*

Je lui ai tourné le dos, je me suis précipitée vers le jardin, à grandes enjambées, de peur qu'il me rattrape. De peur que son regard ne s'attarde alentour, sur le désordre ambiant, le plaid jeté au sol, les miettes sur la table, la cuisine en bordel. L'intérieur de ma niche.

Lorsque le vieil homme l'a vu, il s'est illuminé.

— Patrick ?

L'autre a souri :

— Alors, papa, tu t'es trompé de jardin ?

— Ah, décidément, je suis incorrigible…

— Allez ? On rentre ?

J'ai vu le fils se rapprocher du père, d'un mouvement coulé, pour le rabattre, le forcer à reprendre la bonne direction, en douceur. Chien de berger qui ramène au troupeau la brebis qui s'échappe, sans mordre, d'un jappement léger.

En passant près de moi, le fils a dit :

— Je vous remercie.

Puis :

— Je passerai vous voir, dans la semaine.

Il ne m'a pas demandé à quelle heure il valait mieux venir pour ne pas m'ennuyer, ni même si j'étais d'accord pour qu'il revienne. Il passerait me voir, c'était dit. Pour quoi faire, je n'en avais aucune idée. Je verrais bien.

Je les ai suivis du regard, intriguée. Le vieux monsieur tenait sa rose du bout des doigts tendus, comme un jeune amoureux stupide. Au portail, je l'ai entendu répéter :

— Ah, les roses !…

Ils sont partis. Maintenant, je savais qui parlait dans ma haie. Un vieux cinglé.

Quelques jours après ça, le fils est revenu. J'étais dans le jardin, je m'occupais des roses. Je l'ai vu apparaître. Il avait poussé la vieille porte en fer. Il avait traversé le jardin dans toute sa longueur, et le voilà qui débarquait au milieu de mon territoire.

Je déteste qu'on m'envahisse, qu'on viole mes frontières, je me sens dépossédée à l'instant même, mon univers se rétrécit, se déprécie, il est souillé, gâché par l'occupant. Je me ferme, je me protège, j'ai l'air hostile. Je le suis. Je suis sauvage, je l'ai dit.

Il a dû le sentir, puisqu'il s'est excusé de son impolitesse.

— ... Mais il fallait que je vous voie... a-t-il ajouté aussitôt.

Alors, après, je ne sais pas.

Il y a des gens auprès de qui tout vous semble facile. Des gens qui meublent le désert, avec un sourire et trois mots. Qui vous apportent un sentiment de complicité immédiate, quelque chose de fraternel, d'évident.

Il a voulu me parler de son père. Il l'a fait avec simplicité, en confiance, comme si nous nous connaissions depuis longtemps, depuis que nous étions enfants. Et l'image de ce vieil homme entre nous réveillait celle de ma mère, sans douleur. J'étais dans le jardin, près des buissons de roses et je la revoyais, avec son grand chapeau de paille ridicule et touchant, ses gants de jardinage un peu trop grands, sa robe blanche.

Ce qu'il m'a dit, à propos de son père ? Je ne me souviens plus vraiment : l'âge, la maladie, le veuvage, autre chose...

Il en parlait avec des mots très doux. Très doux, voilà. Pas comme d'un enfant, dont il aurait la charge.

Il ne l'infantilisait pas, même s'il me disait : "Il ne faut pas que je le lâche. Il a des oublis, des absences, il se perd."

Alzheimer ?

Je n'ai pas posé la question. Je préférais ne pas savoir.

Les douleurs, il suffit qu'on les nomme pour qu'elles prennent toute la place. Pour qu'elles cachent les hommes. On devient un diabète, une ostéoporose, une tumeur. Un diagnostic.

Un pronostic.

Il m'a expliqué qu'il venait d'acheter la maison d'à côté, qu'il y vivait depuis six mois.

— Vous n'êtes pas souvent là, vous-même, si ?

— Non, c'est vrai. Je ne viens que de temps en temps. C'était la maison de ma mère.

Comme il ne me demandait rien, je lui ai parlé d'elle à mon tour. Pas longtemps. Il ne faut pas me demander de parler de ce qui me touche. J'élude. C'est ma façon d'esquiver les chagrins.

Son père s'appelle Pierre, il était artisan. Luthier.

— Mon père a deux passions, la musique et les roses. Lorsqu'il se perd, je fouille les jardins. En ville, je devais le chercher aussi chez tous les marchands de musique… Finalement, ici, c'est bien plus reposant pour moi !…

J'ai ri.

— Je voudrais rester avec lui le plus longtemps possible. Je suis sûr que vous comprenez… Je suis désolé, pour son irruption chez vous… et pour la mienne ! Je vais réparer la porte du fond, il ne vous ennuiera plus, je vous le promets.

J'ai cueilli deux très belles roses. Des roses thé. J'ai dit :

— C'étaient celles que préférait ma mère.

Et j'ai récité ce qu'elle me récitait toujours :

— "La plus délicate des roses
Est, à coup sûr, la rose thé..."

Moqueur, il a continué, avec un peu d'emphase, comme un vieil acteur du Français :

— "On dirait une rose blanche
Qu'aurait fait rougir de pudeur
En la lutinant sur la branche,
Un papillon trop plein d'ardeur..."

Il a ri à son tour :

— Mon père et votre mère auraient sans doute eu quelques points communs... Qu'est-ce qu'il a pu me rebattre les oreilles, avec ce genre de poèmes romantiques, quand j'étais gamin ! J'ai dû m'en farcir des dizaines !

— J'en ai appris pas mal aussi... A l'occasion, nous pourrons faire un concours, si vous voulez.

Je lui ai donné les roses.

— C'est pour Pierre, j'ai dit. Et ne réparez pas la porte du jardin.

VIC

Ce maudit chien est encore parti.

Georges a eu beau hurler sur tous les tons : “Vic !”, ce bâtard s’est bel et bien échappé. Le portillon du jardin était mal refermé. Le facteur, sûrement. Incapable !

Georges tempête. Georges fulmine. Il claque les portes à tout va, sort et rentre, revient, repart. Comme s’il n’avait que ça à faire, courir après cet abruti. Et sa sciatique qui le ronge, pour tout arranger, nom de Dieu !

Pendant ce temps, Vic trottine gaiement sur le bas-côté de la route. Le portail était entrouvert, et Vic n’a pas pu résister. Il a pris la tangente, trop content de voler un peu de liberté hors de l’enclos des murs. Il est heureux.

L’air est humide, plein d’odeurs. Omniprésente, souveraine, flottant dans l’air du soir, il y a tout d’abord la pestilence des machines des hommes. Cette bruyante puanteur qui les suit, les précède. Les enveloppe et les imprègne, peau et poils. Cette infection, lourde, irritante, qui masque les odeurs, ou qui les pervertit. Qui les change, en tout cas.

Mais on peut déceler aussi, pour une truffe de bonne volonté, de somptueux cadeaux du ciel, de petites merveilles. Le divin fumet d'un lapin, inattendu, tout fraîchement confié à l'herbe du talus. Là, au pied d'un poteau, une trace d'urine, qui en révèle d'autres, à peine plus anciennes, aux émanations comme il aime : légères, ammoniaquées, suaves.

Deux ou trois vieilles crottes, presque illisibles, hélas, mais qui éveillent en lui quelques vagues réminiscences. Séquelles de bagarres entre chats du quartier, griffures sur les troncs, touffes éparses, laineuses, qui font se soulever la babine de Vic sur un croc tout luisant de bonheur. Plus loin, une poubelle ouverte et débordante de promesses : couenne de jambon, os de gigot, restes de pâtes, poisson avancé, croûtes de fromage.

Et ici. Tiens. Le bouleversant parfum d'une chienne en chaleur.

Vic frémit, dresse l'oreille. Il en pisse de joie et repart aussitôt, la queue bien haut levée en panache. Que la vie est belle, et riche, et lumineuse, hors des limites du jardin.

Mais revenons vers Georges. Approchons-nous sans bruit. Espionnons-le à travers les carreaux, dans la tiédeur du soir qui tombe.

D'ici, on ne voit qu'un vieil homme, pas très soigné de sa personne : le col de sa chemise n'est pas net, il y a quelques accrocs sur le pull trop lâche et déformé aux coudes, le pantalon est défraîchi. Bref, un vieux solitaire, accoudé à la table de la cuisine, qui n'est pas bien débarrassée puisqu'il reste des miettes, un verre à moitié vide, un couteau.

Georges tient un quotidien grand ouvert devant lui.

Parfois un gros soupir s'échappe de sa poitrine cave.

Un observateur distrait pourrait croire qu'il lit. Pourtant, à nous qui le scrutons d'un regard perspicace, l'infime tremblement du journal n'aura pas échappé. Pas plus que l'œil indécis du lecteur, sautant fébrilement d'une ligne à l'autre. Cet œil troublé, nerveux, qui revient tout à coup en arrière, et repart au hasard de diagonales imprécises, sans trop savoir où se poser. Aucun doute : cet homme fait semblant de lire. Il fait semblant, et puis c'est tout.

Quoi qu'il tente de faire, il ne cesse de penser à son chien. Cette crevure, qui l'obsède.

Georges ne comprend pas. Pourquoi est-il allé s'encombrer de ce bâtard de merde ? Un corniaud qui passe son temps à bouffer, à dormir, à baver sur sa jambe, à chier dans le jardin, et qui n'est même pas bon pour la chasse ! "Vous verrez, ça va vous tenir compagnie, puisque vous n'avez plus votre dame... Ce n'est pas bon de rester seul, à votre âge..."

Quoi, son âge ? Qu'on ne vienne pas l'emmerder avec ça. Soixante-dix-neuf ans aux jonquilles, et alors ? Bon pied, bon œil, et bon coup de gâchette.

Et puis un chien, ça ne remplace pas une épouse, ça non ! Ça soupire pareil, peut-être, mais ça ne fait pas les repas, ça ne tient pas la maison, ni le linge ni rien. Ça lui coûte en croquettes, en véto. Même si ça ne parle pas – et c'est tant mieux ! – pour faire des reproches, un chien, on a beau dire, c'est surtout du désagrément.

Il aurait mieux fait d'aller le foutre dans le puits quand on le lui a donné. Oui, le noyer : voilà ce qu'il aurait dû faire. Ce qu'il fera, un jour prochain. On en finira là.

En attendant, quand ce foutu clébard rentrera, tout à l'heure, il se prendra une bonne branlée. Il se fera tanner le cuir, pour lui apprendre.

Georges se mordille les lèvres, plisse les yeux. Tout entier à sa joie mauvaise, il savoure à l'avance cette colère qui grandit, lui tord déjà les tripes d'une douce violence.

La haine qu'il porte à ce chien est sa plus belle raison de vivre.

Et sa seule façon d'exister.

Laissons là Georges et ses vilaines pensées. Où donc est passé Vic ?

Il est ici. Au croisement de la grande route, à la sortie ouest du village. Il ne pense pas à son maître, qui donne la gamelle à coups de pied au cul, qui hurle pour un rien, un simple jet d'urine sur la porte d'entrée, une crotte laissée juste au pied du portail.

Le maître est déroutant, brutal. Mais c'est le maître. C'est lui qui sait ouvrir les paquets de croquettes. Il n'empêche, un peu d'air, un peu de liberté, c'est important, surtout quand c'est si rare. Vic est jeune. Le maître est vieux. Quand ils vont promener, ça finit toujours mal. Il ne faut pas courir sans avoir le collier, ni tirer sur la laisse, ni renifler un peu partout.

Vic ne pense pas à son maître. Il s'en fout.

Il suit, le nez au sol, le sillage odorant de la chienne. Ces effluves l'obsèdent, l'hypnotisent. Comment résister à ce chant de sirène ? Cette invitation imprévue à l'amour ?

Soudain, voilà que Vic frétille, halète court, et se tend du jarret. La belle est là, de l'autre côté de la route, la tête enfouie dans un sac de déchets. Elle lui tourne le dos, lui présente comme une offrande sa croupe au poil lustré, son intimité rose. Et lorsqu'elle remue la queue de plaisir, en mangeant, cet éventail soyeux distille jusqu'à Vic des moiteurs stupéfiantes.

Tremblant, il hume avec délice l'arôme délicat, lancinant et musqué.

Il se couche, museau entre les pattes et pousse un soupir grave, pensif.

La chienne est provocante, incendiaire, superbe.

Elle est à point.

Vic laisse échapper un drôle de petit jappement enroué, à peine audible. Puis il sourit de toutes ses babines et s'élance à l'assaut du paradis tout proche.

A cet instant précis il cesse de plein fouet, contre un pare-chocs de camion anonyme, sa vie sans importance.

De l'autre côté de la chaussée, la chienne s'est à peine interrompue dans son délictueux festin.

Georges peaufine sa colère.

Dans la lueur des lampadaires, campé sur le trottoir sous la pluie qui commence, il siffle entre ses doigts, appelle d'une voix exaspérée de rage le nom tant exécré de Vic, au risque d'ameuter les voisins.

Lorsque l'épicier du village viendra le prévenir, tout à l'heure, avec les précautions d'usage pour ne pas le heurter – une personne aussi âgée, quand même, faisons gaffe –, Georges se contentera de hausser les épaules en grommelant : "Quel con de chien !"

En rentrant, il donnera un coup de pied rageur dans la gamelle. Les croquettes se répandront sur le carreau de la cuisine et Georges gueulera : "Putain !"

Il se sentira furieux. Puis frustré. Sa colère rentrée l'ayant empoisonné de n'avoir pu s'évacuer à temps, il passera sa nuit en d'incessants allers-retours aux toilettes.

Il sera malade deux jours, et tout le monde pensera : Ce pauvre vieux, quand même, déjà qu'il était veuf, voilà qu'il perd son chien. Ah, il y en a, de la misère !

A l'aube, le camion de la voirie chargera dans la benne le corps raidi de Vic.

Plusieurs heures plus tard, un chien de passage viendra lécher d'une langue distraite quelques traces de sang sur le bitume froid.

Le ciel lavé de frais promettra du beau temps.

Georges s'emmerdera, tout seul, pendant longtemps.

COMMENT FAIT-ELLE ?

Elle est arrivée en retard. Elle est fâchée avec les montres. Ce n'est pas fait exprès, je sais. Mais je ne le supporte pas.

Trente-cinq minutes à regarder le croisement, les bandes blanches, les feux rouges. Les piétons qui venaient vers moi, front baissé sous la pluie, puis tournaient brusquement au ras de la vitrine, ou bien entraient dans le café, tapaient des pieds en faisant *Brrr !* et laissaient derrière eux l'air glacial et la bruine.

Trente-cinq minutes, cette garce ! Combien de fois je l'aurai attendue, dans ma vie…

Pourtant j'ai tout le temps qu'il faut, depuis que je suis en retraite. Mais c'est un temps trop vaste, trop nouveau. J'ai soupiré, demandé un deuxième café. Il avait un goût de reproche.

J'ai pensé que j'en buvais trop, et que je fais tout à l'excès. Je fume trop, je mange trop, je m'agace trop pour un rien, je vieillis trop. Je suis trop seule. Trop patiente avec elle, aussi.

Et je vais m'en aller, c'est dit. Elle trouvera ma chaise vide, et ce sera bien fait. Bien fait.

A quoi bon ? Elle s'en foutrait. Non pas qu'elle soit indifférente, mais tout glisse sur ses joues roses et dans son œil bleu étonné. Elle ne voit le mal nulle part, je le soupçonne un peu partout. Rien ne l'irrite. Tout me blesse.

Enfin, elle a poussé la porte, elle m'a cherchée de l'œil, en souriant déjà.

Et puis elle m'a vue, s'est avancée vers moi, de son pas de gamine. Elle ne marche pas, elle sautille. J'ai toujours l'impression qu'entre le sol et elle se tend un entrelacs de cordes invisibles qu'elle franchit d'un pas dansant, hop ! Elle vit sa vie à cloche-pied, elle pousse les soucis du bout de ses bottines, shoote droit vers le paradis. Plus je la vois marcher et plus je me sens lourde. Ancrée dans le sol, plantée bas. Presque enterrée, déjà.

J'ai demandé :

— Ça va ?

Elle s'est assise en poussant un petit soupir désolé.

— Tu ne m'as pas attendue trop longtemps ?

Trente-cinq minutes. Et que répondre ? Que l'attente a duré le temps de son retard ?

Economise un peu ton fiel, ma grande. Garde-le pour plus tard.

— Non, ça va. J'ai bu deux cafés.

Je la regarde. Elle est en forme, elle a un peu grossi, je crois, et remplumé son corps de moineau frêle. Elle est plus belle. Toujours vêtue de couleurs vives, mon joli petit perroquet. Une étole jaune safran, un beau pull à grand col roulé, d'une couleur profonde et sourde, rouge chinois. Un manteau de lainage sombre aux empiècements de satin, dans des tons vifs et chatoyants. Moi, je porterais ça, je serais ridicule.

Elle m'énerve : tout lui va.

Je m'arrête aux bijoux baroques, bagues énormes et collier lourd.

— C'est nouveau ?

Je soupèse le bracelet du regard. Elle rit. C'est une babiole, elle l'a trouvé aux puces. Elle l'a surtout trouvé joli. N'est-ce pas qu'il est joli ?

Sans transition, elle s'inquiète de ma mine. Saute d'un rire à un souci.

— Tu m'as l'air fatiguée, toi, non ?...

Elle n'attend pas ma réponse, se tourne, fait signe au serveur. Non, même pas. Elle penche la tête, à peine, elle a ce regard de velours, ce sourire à peine esquissé qui se plisse en mille fossettes. Et il accourt, le grand benêt. Il se hâte, il se dépêche.

J'ai dû l'appeler quatre fois, tout à l'heure, pour obtenir qu'il me porte un café.

Bras en l'air, et main qui s'agite : Hep ! s'il vous plaît !

Mais elle, pensez-vous : un murmure des cils, une ébauche de moue, une absence de geste... Et voilà, on se précipite, on s'enquiert de ce qu'elle veut. Un thé ? Oui, bien sûr ! Tout de suite ! Avec une rondelle de citron, un nuage de lait ?

Et une friction dans le dos, peut-être, tant qu'on y est ?

Dans un instant on lui apportera sa tasse.

Et, avec une reconnaissance éperdue dans les yeux, elle sourira à ce preux chevalier qui vient lui faire offrande d'un Lipton Yellow âcre et d'un carré de mauvais chocolat. Elle lui sourira, comme s'il était allé quérir, au péril de sa vie, le cœur d'un dragon fabuleux.

Le serveur s'en retournera derrière son comptoir du pas d'un conquérant qui a séduit sa belle.

Moi, on me pose ma commande sans douceur sur la table et je suis obligée de demander le sucre, ou la cuillère. Comment fait-elle ?

— Tu m'as manqué, tu sais. Je suis contente de te voir.

Je souris. Elle m'a manqué, elle aussi, cette peste. Je demande des détails sur son voyage. Au fait, pas une carte, un coup de téléphone, merci beaucoup d'avoir pensé à moi. Puis je m'inquiète de savoir si tout s'est bien passé. Toute seule, si loin, est-ce bien raisonnable ?

— Ah, mais je ne suis plus une gamine, quand même !

J'ai un doute. Je sais qu'elle a raison : je le vois à mes rides. A mes lèvres amincies, ma peau moins élastique, et les moissons de cheveux blancs. Mais elle, elle est si frêle encore, si naïve.

Elle parle, vite, longtemps. J'entends se dérouler les phrases, et puis le doute s'insinue.

Je la connais. Quels que soient ses artifices, je devine, sous les paillettes et les descriptions volubiles, qu'elle me cache un secret. Ou plutôt, qu'elle me le prépare et qu'elle me l'emballe avec soin. Je la connais, la fine mouche.

Elle a changé de coiffure, un peu plus court, un peu plus flou. Elle a quelque chose qui brille, une fièvre dans le regard, une lumière un peu trop vive, qui m'inquiète soudain. Si elle était malade ? Si elle devait m'apprendre, je ne sais pas, une terrible épreuve ? Je m'alarme, je la détaille. Un peu de poids, du rouge aux joues. Ces cheveux coupés court. Ce prétendu voyage, dont je n'ai pas reçu de preuves…

Et puis voilà qu'elle dit :

— Je voulais te parler.

Quelque chose se brise en moi. Il y a un temps mort. Je sens qu'elle me regarde, et c'est d'une voix étonnée qu'elle reprend :

— Mais qu'est-ce que tu as ? Tu en fais une tête, d'un coup ! Ça ne va pas ? Tu es malade ?

Sans me laisser le temps de répondre, elle enchaîne et je sens l'inquiétude, réelle, qui monte à l'assaut, la déborde :

— Si tu as un problème je veux le savoir, tu m'entends ? Je ne veux pas que tu me caches quelque chose ! Qu'est-ce qu'il y a ? Il est arrivé quelque chose, pendant mon absence ? Tu es malade, c'est ça ?

Je me défends :

— Mais non, c'est toi !…

— … ? Moi ? Pourquoi, moi ? Qu'est-ce que tu veux dire ?

Je lève les yeux, elle ne feint pas. Elle est réellement surprise.

J'explique. Je me sens idiote. Et je mélange tout, ce voyage, son retard, ce qu'elle est venue m'annoncer, les cheveux coupés, les kilos…

— Ah bon, j'ai grossi à ce point-là, tu trouves ?…

Oui. Non. Ça lui va bien.

Et puis ce quelque chose que je vois dans ses yeux. Cette fébrilité plus apparente encore qu'à l'ordinaire.

— Parce que je suis fébrile, d'habitude ?

Oui. Non. Je ne sais plus. Je la sens sur la défensive et je bafouille, lamentable. Ce n'est pas ce que je voulais dire. Je ne sais pas ce que je voulais dire. Mais on s'en fout, d'accord ? On ne va pas épiloguer deux heures là-dessus.

— J'ai cru que tu étais malade, et que c'était ça que tu allais m'annoncer.

La tension se relâche. Elle a un demi-sourire, finalement je m'inquiète pour elle, alors ? Sous-entendu, je ne suis pas indifférente à ce qui peut lui arriver ? Elle est contente. Quel poison.

Elle dit :

— Eh bien, je ne suis pas malade, pas du tout ! Et même, figure-toi que je ne me suis pas sentie aussi bien depuis une éternité.

Elle sourit.

Elle bat des cils et le serveur lui apporte un second thé.

Elle attend. Lorsque la tasse arrive – avec le petit chocolat –, elle la prend au creux des mains, elle se réchauffe. Je l'ai toujours vue faire ça.

Moi je piaffe. Je bous. J'enrage. Je trépigne.

— Bon, alors ? C'est quoi, cette nouvelle ? Je peux savoir ?

Elle me regarde au fond des yeux. Au-delà, même. Elle plonge en moi et puis ressort, plus loin derrière, ailleurs, dans un monde où je ne suis pas. Nous n'avons jamais vécu sur la même planète, elle et moi. Où qu'elle aille, elle se fait la belle. Où que je sois, je suis piégée.

Elle se tait. Je sens qu'elle puise en elle le courage d'avouer je ne sais pas quoi, mais ça semble si difficile... A nouveau, l'anxiété me gagne. Qu'est-ce qui se passe ?...

Elle va partir. Voilà, c'est ça : elle va partir. Elle va vivre à l'étranger. Depuis le temps qu'elle m'en parle, elle en est bien capable. Elle va s'éloigner, me quitter.

— J'ai rencontré quelqu'un.

— Quoi ?

— J'ai rencontré quelqu'un.

Allons bon. Le rouge aux joues, les cheveux fous, les yeux qui brillent... Tout s'explique : elle est amoureuse. Je reste muette, incrédule. Je m'attendais si peu à ça.

Et pourtant... Charmeuse, ingénue, roucouleuse, tout entière de séduction... C'était fatal.

Je pose des questions de mère. C'est sérieux, au moins, cette histoire ? Elle l'a rencontré il y a combien de temps ? Où vit-il ? Que fait-il de son temps ?

Elle se plie au jeu de l'interrogatoire. Elle est ravie, je le vois bien. Elle s'amuse de mes questions mais y répond, de bonne grâce. Elle le connaît depuis trois mois. Je hausse les épaules. Pfff, trois mois, est-ce que ça suffit vraiment pour... Elle élude, elle continue. Ils se sont rencontrés chez des amis. Il aime la campagne, le cinéma, les voyages. Elle était partie avec lui. Il est divorcé, trois enfants.

Je tique, évidemment.

— Ils sont très sympathiques.

Ah bon. D'accord. Elle les connaît. Eux, ils sont dans la confidence, au moins. Ils ne sont pas traités comme la dernière roue du carrosse, on les tient au courant. Ils en ont de la chance, ces merveilleux enfants... Elle ne s'attarde pas aux reproches, elle y est imperméable. Ça lui glisse dessus comme l'eau d'une mare sur la plume bleue d'un canard. Elle reprend :

— Je suis sûre que tu t'entendrais bien avec eux.

J'apprécie le conditionnel. Je *m'entendrais* peut-être. Si j'avais l'occasion de les voir. Mais ce n'est pas une obligation. Et je n'en ai pas l'intention. On n'est pas mariés, eux et moi...

Je m'étrangle.

— Vous allez vous marier ?

Elle rit, elle rit. Quand va-t-elle cesser de rire ? A quel âge commencera-t-elle enfin à prendre la vie au sérieux ?

— Le mariage ? Oh là, pas si vite ! Non, non, non, pour le moment, on préfère rester comme ça.

— Mais... vous comptez vous installer ensemble ?

— Oh, ça... Je ne sais pas. Tu sais, la vie à deux... On aime mieux partager le meilleur, et s'épargner le plus possible la routine.

Elle rit encore, en ajoutant :

— Si on veut que ça dure longtemps...

Elle se lève. On s'embrasse. Elle a des courses à faire, elle doit me laisser maintenant, on l'attend. Mais elle me *le* présentera la semaine prochaine. Je vais l'adorer, c'est certain, il est si… il est si bien. Elle va m'appeler, elle me tient au courant. C'est d'accord ?

Je la regarde s'éloigner, petit lutin multicolore, auréolée de cheveux blancs.

Je murmure :

— A bientôt, maman.

TABLE

BABEL

Extrait du catalogue

939. OLIVIER PY
Théâtre complet II

940. DANIEL KEHLMANN
Les Arpenteurs du monde

941. ALAA EL ASWANY
Chicago

942. NAGUIB MAHFOUZ
Miroirs

943. STEFANO BENNI
Achille au pied léger

944. CLAUDIE GALLAY
L'Office des vivants

945. *
La Trilogie de Pathelin

946. YÔKO OGAWA
Amours en marge

947. ANDRÉ BRINK
L'Amour et l'Oubli

948. MADISON SMARTT BELL
Dix Indiens

949. MAHMOUD DARWICH
Anthologie poétique

950. MADELEINE BOURDOUXHE
Les Jours de la femme Louise

951. KATARINA MAZETTI
Le Mec de la tombe d'à côté

952. ANTON SHAMMAS
Arabesques

953. JØRGEN-FRANTZ JACOBSEN
Barbara

954. HANAN EL-CHEIKH
Poste restante Beyrouth

955. YU HUA
Un amour classique

956. WACINY LAREDJ
Le Livre de l'Emir

957. INTERNATIONALE DE L'IMAGINAIRE N° 24
L'Immatériel à la lumière de l'Extrême-Orient

958. ETGAR KERET
Un homme sans tête

959. CLAUDE PUJADE-RENAUD
Le Désert de la grâce

960. ANNA ENQUIST
Le Retour

961. LIEVE JORIS
L'Heure des rebelles

962. JOHN STEINBECK
Dans la mer de Cortez

963. CARLA GUELFENBEIN
Ma femme de ta vie

964. FRANS G. BENGTSSON
Orm le Rouge t. II

965. ALEXANDRE POUCHKINE
La Dame de pique

966. MURIEL CERF
La Petite Culotte

967. METIN ARDITI
La Fille des Louganis

968. MINH TRAN HUY
La Princesse et le Pêcheur

969. LYONEL TROUILLOT
L'amour avant que j'oublie

970. CÉCILE LADJALI
Les Souffleurs

971. AKI SHIMAZAKI
Hotaru

972. HENRY BAUCHAU
Le Boulevard périphérique

973. IMRE KERTÉSZ
Etre sans destin

974. ELIAS KHOURY
La Petite Montagne

974. NANCY HUSTON
Ames et corps

976. ALBERTO MANGUEL
Le Livre d'images

977. NINA BERBEROVA
L'Affaire Kravtchenko

978. JEAN-MICHEL RIBES
Batailles

979. LEÏLA SEBBAR
La Seine était rouge

980. RUSSELL BANKS
La Réserve

981. WILLIAM T. VOLLMANN
Central Europe

982. YOKO OGAWA
Les Paupières

983. TIM PARKS
Rapides

984. ARNON GRUNBERG
L'Oiseau est malade

985. CHRISTIAN GOUDINEAU
Le Dossier Vercingétorix

986. KATARINA MAZETTI
Les Larmes de Tarzan

987. STEFANO BENNI
La Dernière Larme

988. IBN HAZM
Le Collier de la colombe

989. ABÛ NUWÂS
Le Vin, le Vent, la Vie

990. ALICE FERNEY
Paradis conjugal

991. CLAUDIE GALLAY
Mon amour ma vie

992. ANTOINE PIAZZA
La Route de Tassiga

993. ASSIA DJEBAR
Nulle part dans la maison de mon père

994. LUIGI GUARNIERI
La Jeune Mariée juive

995. ALAIN BADIOU
La Tétralogie d'Ahmed

996. WAJDI MOUAWAD
Visage retrouvé

997. MAHASWETA DEVI
La Mère du 1084

998. DIETER HILDEBRANDT
Le Roman du piano

999. PIA PETERSEN
Une fenêtre au hasard

1000. DON DELILLO
L'Homme qui tombe

1001. WILFRIED N'SONDÉ
Le Cœur des enfants léopards

1002. CÉLINE CURIOL
Permission

1003. YU HUA
Brothers

1004. ALAA EL ASWANY
J'aurais voulu être égyptien

1005. RACHID EL-DAÏF
Qu'elle aille au diable, Meryl Streep !

1006. SIRI HUSTVEDT
Elégie pour un Américain

1007. A. J. JACOBS
L'année ou j'ai vécu selon la Bible

1008. DANIEL KEHLMANN
Gloire

1009. NANCY HUSTON
L'Espèce fabulatrice

1010. ALBERT SÁNCHEZ PIÑOL
Pandore au Congo

1011. BREYTEN BREYTENBACH
Le Monde du milieu

1012. MICHEL TREMBLAY
Bonbons assortis

1013. KHADIJA AL-SALAMI
Pleure, ô reine de Saba !

1014. SOROUR KASMAÏ
Le Cimetière de verre

1015. LAURENT GAUDÉ
La Porte des Enfers

1016. SAM SAVAGE
Firmin

1017. WAJDI MOUAWAD
Littoral

1018. ROMAN DE BAÏBARS 5
La Trahison des émirs

1019. ROMAN DE BAÏBARS 6
Meurtre au hammam

1020. MATHIAS ENARD
Zone

1021. JEANNE BENAMEUR
Laver les ombres

1022. JÉRÔME FERRARI
Dans le secret

1023. PASCAL MORIN
Bon vent

1024. A. M. HOMES
Ce livre va vous sauver la vie

1025. ANDREÏ GUELASSIMOV
L'Année du mensonge

1026. HANAN EL-CHEIKH
Londres mon amour

1027. WAJDI MOUAWAD
Incendies

1028. DAVID HOMEL
L'Analyste

1029. FABRICE NICOLINO
Bidoche

1030. NAOMI KLEIN
La Stratégie du choc

1031. DARINA AL-JOUNDI / MOHAMED KACIMI
Le Jour où Nina Simone a cessé de chanter

1032. WILLIAM T. VOLLMANN
Pourquoi êtes-vous pauvres ?

1033. CÉSAR AIRA
La Princesse Printemps

1034. INTERNATIONALE DE L'IMAGINAIRE N° 25
Le Patrimoine culturel immatériel,
premières expériences en France

1035. NAGUIB MAHFOUZ
Le Cortège des vivants

1036. RÛMÎ
Le Livre du Dedans

1037. IBN 'ARABÎ
La Profession de Foi

1038. IBN KHALDÛN
La Voie et la Loi

1039. ANNE-MARIE GARAT
L'Enfant des ténèbres

1040. KARSTEN LUND
Le Marin américain

1041. CHI LI
Préméditation

1042. JOSEPH E. STIGLITZ
Le Triomphe de la cupidité

1043. LILIANA LAZAR
Terre des affranchis

1044. YÔKO OGAWA
La Marche de Mina

1045. SONALLAH IBRAHIM
Le Comité

1046. SONALLAH IBRAHIM
Cette odeur-là

1047. MOURAD DJEBEL
Contes des trois rives

1048. CLARO
Madman Bovary

1049. JEANNE BENAMEUR
Les Reliques

1050. KATARINA MAZETTI
Entre Dieu et moi, c'est fini

1051. STEFANO BENNI
Margherita Dolcevita

1052. OLIVIER PY
Théâtre complet III

1053. CLAUDIE GALLAY
Les Années cerises

1054. IN KOLI JEAN BOFANE
Mathématiques congolaises

1055. ANDRÉ BENCHETRIT
Impasse Marteau

Ouvrage réalisé
par l'Atelier graphique Actes Sud.
Achevé d'imprimer
en octobre 2023
par La Nouvelle Imprimerie Laballery
58500 Clamecy
sur papier fabriqué à partir de bois provenant
de forêts gérées durablement
pour le compte
des éditions Actes Sud
Le Méjan
Place Nina-Berberova
13200 Arles.

Dépôt légal
1re édition : avril 2011
N° impr. : 310509
(Imprimé en France)